그러니까
오늘의 나로 충분합니다

그러니까
오늘의 나로 충분합니다

글·그림
백두리

RHK
알에이치코리아

차
례

5장 /
그렇게 시간이 흘러

나도 같이가~

아무것도 모르고
뛰어가다 보니

늦었다.

어른이 되어 있었다.

오늘의
우리

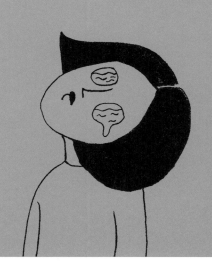

어느새 어른

'에쵸티' 거든요.

언니와 나는
H.O.T.를 '핫'이라고 부르는 어른들이 짜증났었고

god

'갓' 이래 ㅋㅋㅋ

♬ 어머님은 짜장면이 싫다고 하셨어~ ♬

god를 '갓'이라고 부르는
어른들을 비웃었었다.

'그런 우리였는데…'

토토야

너
'프로듀스 일공일'
봤어?

언니!
'프로듀스
원오원'
이라고
읽는 거거든.

똑같은 거
아니야?

" 우리 편한대로 부르지 뭐."
"그래, 그래."

✦✦ 나답다

"이건 너답지 않아."
"너답게 잘해봐."
"넌 그렇지 않았잖아!"

나답다는 것.

뭘까?

상대적 좋을 때

네 나이면
한창이지.
좋을 때야.

결혼 전에
즐겨.
지금이 딱
좋을 때야

너 학교가면
끝이야.
좋～을 때다.

✧✦ 내 나이

"엄마, 아까 나 왜 안 혼냈어?
생각해보니까 정말 버릇없이 굴었잖아.
그럼 혼내야지."

"네가 혼낸다고 들을 나이니, 알아서 해야지.
이렇게 잘못한 것도 잘 알고 있잖니."

너, 누가 그렇게
못되게 행동하랬어.
그럼 혼 나!

혼나지 않을 나이.
누구도 혼내지 않는 나이.
알아서 해야 하는 나이.
나는 그런 나이다.

여전히

단단해졌다고 생각했다.
웬만한 일에는 끄떡없이 잘 버티고
비바람 정도는 꿋꿋하게 이겨낼 수 있다고.
그런데 예상치 못한 순간에
별일 아니라고 생각했던 일에 여전히 휘둘리기도 한다.

어른이라고 천하무적은 아니다.

나는 나

다래와 고욤.

우리나라 토종 과일이라는데 엄지손톱만 한 작고 귀여운 과일이다.

미니어처처럼 깜찍하다.

요즘에는 동네 마트에서도 아보카도나 망고스틴, 드래곤후르츠 같은

열대 과일도 쉽게 볼 수 있는데 오히려 다래와 고욤은 낯설다.

아직 보지 못한 사람도 많지 않을까?

어떤 게 원래 있던 거고 어떤 게 나중에 다가온 걸까?

아니, 원래라는 건 또 무얼까.

내 거와 네 거인 걸 구분할 수 있을까? 구분해야 할까?

많은 것이 혼재된 세상 속에서 내 색을 지키는 게 맞는 건지,

동화되어 흘러가는 게 맞는 건지 이젠 모르겠다.

어디서 태어났든, 어디서 자랐든, 지금 어디에 있든 간에.
무엇을 하든, 누구와 있든, 어떻게 살든.

이게 다래라는 것, 고욤이라는 것.
'나는 나'라는 것만 잊지 않으면 된다.

난
망고스틴
이라고 해.

내 이름은
고욤이야.

✧✧ 마음먹기

'내려놓으면 돼. 받아들여.
다 가지려고 하지 마.
신경 쓰지 마.'

책을 봐도
유명 강연자도
친구에게 물어봐도
행복은 내 안에 있다고.
마음먹기에 달려 있다고 하는데.

나도 안다. 알고 있다. 몰라서 그러는 게 아니다.
잘 안 되는 걸 어떡하나.
그 마음이 잘 안 먹히는 게 문제다.

더
러
운

인
생

'내 상황이 더러운 시궁창 똥물 같은데,
여기서 어떻게 마음을 먹으라는 거야!'

익숙해지는 건 없나 봐요

지친다.
적응될 만도 한데.
익숙해질 때도
됐는데…

"그럼. 난 잘 있지. 엄마도 집에 별일 없죠? 아냐. 마감은 거의 다 했어요. 이번 마감 끝나면 한번 내려가지 뭐. 형부는 왔어요? 나도 밥 먹으려고 저녁 차려놨어. 늦게 먹긴. 나 뉴스 보면서 밥 먹는 거 알잖아. 언니랑 형부랑 아기랑 다 내려와서 엄마는 좋겠네. 엄마도 저녁 맛있게 먹고…. 엄마, 왜 그래? 울어? 진짜 울어?"

일상적인 이야기가 오가는 통화 중에 갑자기 정적과 눈물을 참는 목멘 소리가 뒤섞여 수화기를 넘어왔다.

"오늘 가족 다 모여 즐거웠을 텐데. 엄마 갑자기 왜 그래."

엄마는 별일 아니라며 전화를 끊으려고 했지만, 집에 무슨 일 있는 거 아니냐며 계속해서 내게 추궁당하자 말을 이었다.

"우리 딸만 혼자 있잖아."

집에서 독립한 지가 15년째, 혼자 산 지는 7년째다. 내가 방금 독립했느

냐, 먼 해외에 있느냐, 다들 혼자 산다, 누구보다 잘 챙겨 먹고 잘 지낸다고 엄마를 다독여 전화를 끊었다. 통화 하느라 멈췄던 저녁 식사를 이어가려 숟가락을 들었다. 엄마와의 통화 전에는 보이지 않던 것들이 눈에 들어온다.

딱딱한 앵커의 음성이 흘러나오는 텔레비전, 그 앞의 작은 밥상, 반찬 1인분과 밥 한 공기, 국 한 대접, 숟가락 젓가락 한 쌍, 물 한 컵.

혼자 살고 혼자 일하며 대부분 혼자 먹었던 밥이다. 365일씩 6년이다. 하루에 2끼씩만 해도 4380번을 반복한 일이다. 문득 새삼스럽다. 무엇보다 익숙했는데, 갑자기 마치 처음 혼자 먹는 밥인 듯, 엊그제 고향을 떠나온 듯, 엄마가 차려준 밥이 아닌 게 이번이 처음인 듯 낯설게 느껴진다.

세상에 익숙해지는 건 없나 보다.

쓰디쓴

"아이 써. 먹으면 안 돼. 퉤퉤."

어른들이 마시고 있는 커피에 손을 뻗는 조카에게 엄청 쓴 거라며 막아
섰다. 그럼 이모는 쓴 것을 왜 먹냐며 조카는 의심의 눈빛을 보낸다.

쓴맛.

그러고 보니 사실 내 입에는 별로 쓰지 않다. 커피뿐 아니라 쌉쌀한 나물,
차, 술과 같은 쓴맛에 입이 길든 게 언제부턴지 모르겠지만, 지금은 심지
어 그 안에서 약간의 달콤함과 구수함도 느낀다. 그 맛들이 인생의 쓴맛
에 비하면 별것 아닌 건지, 아니면 고달픈 삶의 균형을 맞추고자 먹는 것
에도 일정 부분을 쓴맛으로 채우는 것인지 모르겠다.

너에게는 쓰디쓴 이것이 나에겐 달콤 쌉쌀하다고 말하면 네 살 조카가
이해할 수 있을까? 이것들이 쓴맛으로 느껴지지 않는 그 날이 올 때까지
조금 더 기다리라고.

늦을수록 좋은 거라고

✨ 차올라서

눈물이 차올라서
고개를 들어

이성, 감성을 제압하다

나이가 들었다고 감성이 줄어드는 건 아니다. 아는 것이 많아지는 만큼 더 다양한 감정을 느끼고, 이해의 폭이 넓어진 만큼 쉽게 공감이 일어난다. 표현할 수 있는 문장은 더 많아졌고 감정을 더 세밀하게 관찰할 수 있는 능력도 생겼다. 때론 어릴 때보다 더 서러울 때도 있고 더 상처받기도 하며 눈물이 더 나기도 한다. 다만 '감성이 무뎌졌어. 마음이 딱딱해졌어.'라고 느끼는 이유는 풍부해진 감성보다 차디찬 이성이 더 크게 자라났기 때문이다.

말랑한 감정놀음이 자신을 나약하게 하는 경험을 하고, 부드러운 태도는 자칫 만만해 보일 여지를 준다는 걸 알게 됐다. 울어봤자 해결되는 일은 없다는 것을 깨닫고, 억울할수록 정신 차리고 할 말은 해야 함을 터득한다. 상처받으면 나만 더 힘들어지기에 애초에 문제를 피하려 하고, 열성적으로 불타오르는 마음도 한때임을 알기에 미리 제어한다.

감성을 드러냈다가 약자의 위치에 서게 되는 걸 경험하고 나서는 이성으로 감성을 덮어버리곤 한다.

감성은 없어진 게 아니다.
이성의 뒤편에, 언제나 그 자리에 그대로 있다.

✦✧받아들이기

달팽이를 키운 적이 있다. 그 친구들의 이름은 '철수'와 '엄시'였다. 돌나
물을 구입하면서 비닐봉지 안에 있었던 아이들이었다. 나물을 씻던 중
싱크대를 기어 올라와 부엌을 돌아다니는 그 아이들을 보면서 차마 내
다 버릴 수 없었다. '어쩔 수 없이' 키우게 된 상황이라 이름을 그 단어에
서 따와 지었었다.

언니는 갑자기 임신했었다. 몇 년간 아이를 가지려고 노력하며 좋다는
것도 챙겨 먹고 매달 배란 유도 주사를 맞아도 마음처럼 되지 않았었다.
그러다 배란 유도 주사를 건너뛴 달에 아이가 생겼다. 계획은 자주 빗나
간다. 사건은 예고 없이 오는 경우가 더 많다.

얼마 전까지 내가 연예인에 열광하며 일거수일투족을 수집하고 다닐 거
라고는 생각도 못 했다. 내가 이런 일을 할 수 있는 사람이라는 게 놀라웠

다. 덕질은 뜬금없이 찾아왔고 나의 또 다른 성향은 불현듯이 드러났다. 살다 보면 계획하고 예상해서 생겨나는 일보다 갑자기 닥치는 일이 더 많다.

내가 어른이 된 것도 (된 게 맞는 걸까) 어쩔 수 없이, 예고 없이, 원래 다 그렇게, 뜬금없이, 불현듯 일까?
갑자기 예상치 못했던 상황에서 내가 할 수 있는 건 하나다.
철수와 업시, 아이, 덕질이 그랬듯

그저 받아들이는 것.

저는 성실한 사람입니다

프로젝트에 모두 성실하게 임하겠습니다.
회사의 미래를 위해 노력하겠습니다.
매출 달성할 때까지 최선을 다하겠습니다.

내 삶에 성실한 걸까.
나를 위해 노력한 걸까.
오늘 하루,
나 최선을 다한거 맞지?

꿈꿀 때

"다음 주면 프로젝트가 끝나니까,
곧 여행 갈 거니까,
다음 달에 퇴사할 거니까!"
친구의 표정은 한없이 밝았다.

매번 어둡고 지쳐 있었는데
그만둔다는 생각만으로 그녀는 버틸 힘이 샘솟는 것 같았다.

다음 장소가
유토피아가 아니라는 것쯤은
우리 모두 다 안다.

하지만
퇴사 후의 삶을
꿈꾸는 것만으로
그녀는 하루하루를
버틸 수 있었다.

꿈꿀 수 있는 기회,
무언가를 기다린다는 설렘,
새로움에 대한 호기심,
또 다른 시작의 기다림.

꿈이 없으면 불행한 이유는
꿈을 이룰 수 없어서가 아니라
꿈을 꿀 수 없어서인 듯하다.

꿈을 꾼다는 것은
오늘을 버티게 하는 연료 같은 거다.

어쩌면 꿈을 이루는 것보다
꿈을 꾸는 동안이 더 중요한 것일지도 모른다.
우선은 오늘의 삶을 버티고 봐야 하니까.

오늘의 나
현실에서 벗어나기 어려운 우리.

미스터리

먹어도 먹어도 먹고 싶고

자도 자도 자고 싶고

놀아도 놀아도 놀고 싶은데

왜 조물주는

일은 해도해도 하고 싶게 만들지 않은 걸까.

안 궁금해

오H?

조카가 '왜?'를 입에 달고 다니는 시기가 왔다. 세상의 모든 진리를 알아내고 말겠다는 것처럼. 하나의 질문에 답을 해주면 그 답에 또 '왜'가 붙고, 그 답에 계속해서 '왜'가 붙는다. 꼬리에 꼬리를 물고 이어지는 '왜'의 향연은 내가 모름을 인정할 때야 끝이 난다.

"이모도 거기까지는 잘 모르겠어. 다음에 자동차 만든 사람 만나면 물어볼게. 아니면 왜 그렇게 된 건지 함께 책을 찾아볼까?"

조카와 함께 있으면 세상이 절로 궁금해진다. 왜 이런 모양이지? 왜 이름을 이렇게 붙였지? 왜 만든 거지? 궁금한 것투성이다. 신기한 일들로 가득 차 있다.

조카가 '왜'를 묻기 전에는 궁금한 게 별로 없었다.

언제부터 호기심을 잃었을까? 너무 많은 것을 아는 게 오히려 해가 될 때가 있어서? 삶을 사는 데 별 도움이 안 돼서? 어차피 세상만사를 다 알 수는 없으니까? 돈 버는 일이랑 상관없어서? 무엇인가를 알아내는 게 귀찮아서?

다 귀찮아!

피곤하고 귀찮아서인 것 같다는 생각이 가장 유력하게 들었다. 궁금함을 갖지 않으면 굳이 고민할 필요도 생각할 이유도 없다. 매일 똑같이 반복해오던 일상을 지속하면 된다.

호기심도 궁금함도 흥미도 없이 귀찮음만 가득해진 어른들의 세상은 살기에 편할지 몰라도, 확실히 재미는 없다.

✧ 꼰대의 길목

요즘 들어 어른들보다 네 살 조카와 대화하는 게
더 말이 잘 통한다고 생각하는 순간들이 있다.
조카는 차근차근 설명하면 다 알아듣는다.

그런데
귀에 돌멩이가 박힌 건지 남의 말은 들을 생각이
애초에 없었다는 듯 아무 말도 안 먹히는 어른들이 있다.

우기기 선수, 삐짐왕, 무논리 대장, 권위주의자…
머릿속이 딱딱하게 굳어버려 다른 생각이
들어갈 틈을 주지 않는 그들.
벽에 대고 이야기하는 것처럼 튕겨 나가는 말들.
모두 귀를 집에 놓고 나왔나 보다.

난 저렇게 되지 말아야지!

귀를 가지고
다니긴 합니다.
듣기좋은 소리는
놓치지 말고
들어야 하니까요

설사 귀가 있다 해도
네 생각 따위가
들어올 자리는 없다.

너는 틀리다.
무조건
내가 맞다.

과음은 해롭습니다

과음은 몸에 해롭습니다.

나무에도
옆 사람에게도
해롭습니다.

택시 기사님에게도
해롭습니다.

변기에도
해롭습니다.

멍
_명

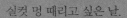
실컷 멍 때리고 싶은 날.

어른이 되면

"만지면 안 돼. 가위는 위험해. 너는 서툴러서 안 돼.
어른이 되면 다 잘할 수 있어."라며 조카에게서
위험한 가위를 뺏었다. 이모가 '능숙'하게 해보겠다고.
그런데 어른이 되면 정말 '다' 잘할 수 있는 걸까.

나는 여전히 서투른데.

간섭이 필요한

어깨에서 가방을 내리고 더 깊이 손을 집어넣었다. 가방 입구를 활짝 열어젖혀 구석구석 밑바닥까지 쓸어 내렸다. 손에 잡혀야 할 작은 쇳조각이 없다는 걸 알게 됐다. 전날 문 열고 집에 들어가며 열쇠를 현관 옆 선반에 올려두고는 다시 가방에 넣지 않은 게 기억이 났다. 엄마와 아빠는 해가 진 늦은 저녁에나 들어올 것이다. 언니는 학원에서 그보다 더 늦은 시각에 돌아올 것이다. 어릴 때 이렇게 열쇠가 없어 집에 들어가지 못할 때면 엄마가 올 때까지 앞집에 있곤 했다. 그날도 또 열쇠를 집에 두고 나왔다. 전화해봤자 엄마는 이런 적이 한두 번이냐며 앞집에 가서 기다리라고 무심히 말할 게 뻔했다. 열쇠를 챙기지 못한 내 잘못임에도 그날따라 서운한 마음과 삐뚤어진 생각이 들었다. 앞집으로 가지 않고 가방에서 노트를 꺼내 깔고 아파트 현관문 앞 계단에 쪼그려 앉았다.

어린 나이였지만, 그때 이미 나는 누군가에게 상처주는 법을 알고 있었다. 엄마에게 보여주고 싶었다. 해가 지고 어둑해진 아파트 복도 안 차갑게 식은 계단에 쪼그려 앉아 있는 내 모습이 엄마의 마음을 아프게 한다는 것을 잘 알았다. 엄마가 일하는 게 나는 정말 싫다는 걸 온몸으로 표출하고 싶었다. 1990년대 초의 익산은 워킹맘보다 전업주부가 더 많았다. 친구네 집에 놀러 가면 그들의 엄마는 학교에서 돌아온 우리를 반갑게 맞아주고 가방을 어깨에서 받아서 간식을 내어줬다. 학교에서 무엇을 배웠는지 물어보며 숙제하는 것을 도와줬다.

나의 엄마는 일하는 엄마였다. 내가 아주 어릴 때부터 의상실, 액세서리 가게, 식당, 옷가게 등 일을 쉬어본 적이 거의 없다. 매일 나 혼자 문을 열고 들어와 혼자 가방을 내려놓고 스스로 숙제를 마친 후 나가 놀았다. 친구들은 공부하라고 잔소리하는 엄마가 없어서 좋겠다고 부러워했지만, 상황에 의해 애어른이 될 수밖에 없었던 내가 어린 시절 원했던 것은 '간섭'이었다. 알림장을 확인해주고, 음식을 먹기 전에는 손을 씻으라 일

러주고, 숙제하고 놀아야 한다는 엄마의 목소리 말이다. 어린 날부터 나는 모든 것을 알아서 척척 해내는, 혼자서도 무엇이든 할 수 있는, 혼자 사는 데 적합한 생활방식이 몸에 배게 된 건지도 모른다.

지금도 가끔 간섭이 그립다.
술에 취해 현관문 앞에서 비밀번호를 계속 틀리고 있으면 안에서 문을 열어주며 '세상이 위험하니 집에 일찍 들어오라'는 걱정 가득한 간섭. 지친 하루를 마치고 들어왔는데 따뜻한 사람의 온기와 쿰쿰한 된장찌개 냄새로 가득한 집안에서 '집밥이 건강하니 인스턴트 음식은 줄이라'는 애정 어린 간섭 같은 것 말이다.

'결혼은 언제 할 거냐'와 같은 인생의 큰 방향에 대한 지나친 간섭은 사양합니다.

⭒✧ **이건 뭔데**

으윽 —
이건 뭔데
이렇게 더러워?

네 성질.

닥쳐!
귀찮게
하지말고
꺼지라고

주변에서
다 공격하고 있네요.
덕을 쌓으셔야 해요.

…라고 속으로 말했다.

구제 불능

쉽게 길들지 않는 신체 부위가 있는데,
바로 '혀'다.

머
르
ㅇ

우어어어어~

혀를 자세히 보면
내장이 밖으로 삐져나온 것 같기도 하고,
심해 괴물처럼 생기기도 했다.
외계인이 입안에 자리 잡은 것처럼도 보인다.

사람들 입이 열리는 순간
기생하던 외계인이 활동을 개시하는 거다.
몸 안에 조용히 자리 잡고 있다가 먹이가 지나가면
혀를 쭉 빼서 빠르고 정확하게 공격하는 것만 같다.

내 마음은 그게 아니라고 부르짖고,
내 머리로는 그렇게 하면 안 된다고 명령하는데
이놈의 혀가 갑자기 아무렇게나 지껄이며
이상한 소리를 내뱉는 바람에 또 상처를 주고 말았다.

쉴새 없이 제멋대로 굴다가
우둘투둘한 돌기를 가진 괴생물의 형체로 변해가며
어느 부위보다 흉하고 빠르게 늙어가고 있다.

구제 불능 이놈의 혀.
또 제멋대로 굴다니.
정말 못됐다.

언니 미안해.
내 맘은 그게
아니었는데.
내가 또 아무 말이나
지껄였어.

입단속

그놈의 입이 문제.
어른이 돼도 좀처럼 무거워질 줄 모르는 이놈의 입입입.

☆ 입방아

엉덩방아보다 아프다는

입방아

책임

'신분증 사본도 제출하세요.'
'인감증명서 가져오세요.'
'여기 서명하시면 돼요.'
'표시한 곳에 모두 도장 찍어주세요.'

이곳저곳에 나를 증명하고 흔적을 남길 일이 많아진다는 것.
그만큼 책임질 일이 점점 쌓여간다는 것.

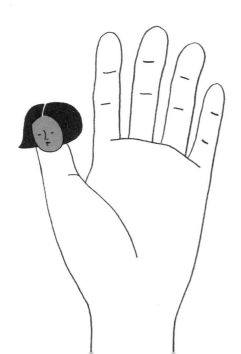

✦ 선행학습

2년 터울 언니 덕분에
어릴 때부터 뭐든 남들보다
2년씩 빨리 접했다.

언니가 듣는 노래.

언니들이 보는 영화.

요즘은 조카를 봐주며
육아를 미리
경험하고 있는데.

~비행기가
많아 가지고 왔네~
슈웅~

뭐야. 유치하게,
안 먹어.

육아, 마감, 육아, 마감을 반복하다 보면
결혼을 해야 할까,
아이가 필요한가 하는 생각이 든다.

으음—

지친다

처녀들은 잘
모르는 콧물흡입기

쉬고 싶다

아, 죄송해요.
금방됩니다.
애가 아파서.
아아, 제 애는
아니고···

역시 선행학습이 다 좋은 것만은
아닌 듯.

✧ 언니의 목적

이젠 아기랑 같이
장 보러 못 오겠어.
자꾸 사달라고 해서.
그 전에는 5천 원 짜리 자동차
손에 쥐여 주면 됐는데…

같이
장 보니까
좋다

방선 자동차 앞에서
떼 쓰는데.
이거 봐.
6만 원이 넘어.
이걸 매번
어떻게 사줘.

어쩌고 저쩌고…
주절 주절…

에고.
언니 힘들겠다.
토토가 떼 쓸
나이가 됐지.

탄탁토닥

토토가 맨날
이것만 노래를 불러.
이거야. 이거.
잘 봤지?
이거다!

애O론
제O론

결혼 안 한 이모는
곧잘
호구가 되곤 한다.

나, 장 다 봤어.
이제 가자!

. . .

어린이날까지
언제 기다리지 ♬

✧ 자매애

ㅇ 키뻐져라라
ㅇ 래 뻐져져라

요즘 팩을 자주하는데
언니와 함께
살던 때가 떠올랐다.

내 동생
참 예쁘네 ~

팩을 하고 있으면
언니는 나에게
예쁘다고
말해주곤 했다.

"넌 역시
가릴수록
예뻐!"

꺼져

부들부들

더 가려보자.
완벽해.

✩✩ 계집애 1

이게 말이야. 자기가 어려 보이려고
꼬박꼬박 '언니, 언니~' 붙이는 게 묘하게 기분 나쁜데,
그렇다고 말 놓고 친구처럼 대하는 건 더 기분 나빠.
진정성 없는 존댓말과 친분 없는 반말과
놀리는 듯한 표정의 삼단 콤보랄까.
여자 눈에만 보이는 여우 같은 계집애들이 있거든.

☆☆ 계집애 2

나도 언니처럼 다이어트 걱정없이 깡 말라보고 싶어요.
밋밋하고 볼륨없는
모델스타일 있잖아요.

네가 뺄 살이 어딨어, 지금 딱 좋아.

볼살이 귀엽잖아

미세먼지 처럼 거슬리는 계집애.

칭찬인 듯 디스하는 스타일도 있다.

잡생각

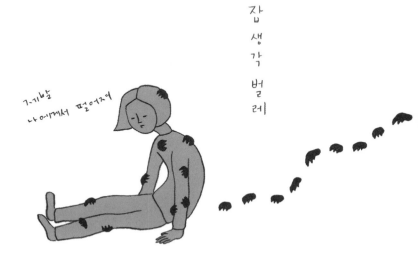

제발
나에게서 떨어져

잡
생
각
벌
레

내 안의 또 다른 나

어른들은 삶에 지장을 준다고 생각하면
내 감정을 충분히 숨기고 서비스 정신을 발휘하곤 한다.
가끔은 순식간에 감정을 바꿔 다중인격 소유자처럼 보일 때도 있다.

'순하디 순한 순둥이,
너무 착해서 탈.'
이라는 소리를 듣는 나인데,
네만 생각하면
욕쟁이 할머니가 돼.

이 뚱멍청이
개자식 뜨라이
쓰레기 또라이
미친놈 죽일놈
찌질이

오늘의 나
내 안에 욕쟁이 있다!

2장

연애가

더

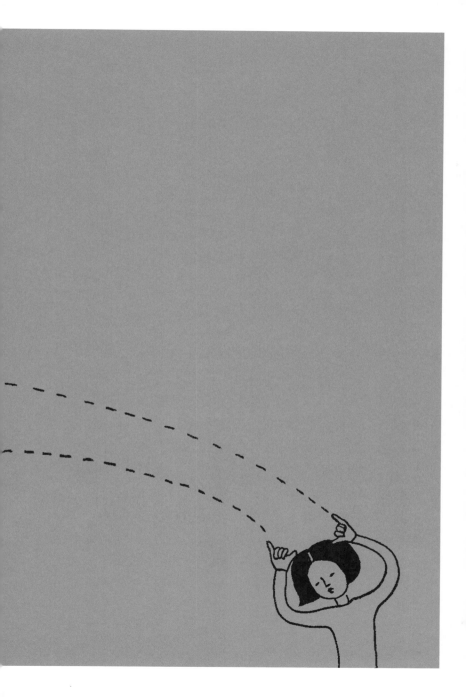

거래 성립

어릴 때부터 안 좋은 일이 있으면 신께 기도했다.

'제발 이 일을 해결해주세요! 더는 안 아프고 싶어요!'

그런데 왠지 내 것을 아무것도 내어주지 않고 무조건 바라기만 하면 내 부탁을 들어줄 것 같지 않아 나름의 거래 조건을 제시했었다. 그때마다 가장 먼저 떠오르는 건 그림을 좋아하는 마음과 그림을 그리는 작은 재주였다. 그러나 막상 가장 소중한 것을 내놓으려니 그 와중에도 아쉬웠나 보다. 그래서 내 기도 내용은 언제나 '그림 그리는 재주 빼고 제 모든 것을 가져가도 좋습니다! 우선 이 불행을 끝내주세요!'라고 간절히 빌었다.

신은 정말 있는 모양이다. 그 일들을 해결해주는 대신 그 당시에 나에게서 '잘 연애하는 능력'을 앗아가버린 것 같다.

제길,
하필 그걸
가져가다니.

✧ 가슴이, 가슴이…

설
렘
이

필
요
해

으윽 ―
가슴이 안 뛰어.
죽어가나 봐.

어려워. 너무 어려워.

출제 경향이 매번 바뀌는 걸 어떻게 해.

✧ 사랑의 기원

사랑의 기원을 거슬러 올라가

내 몸의 반쪽을 찾는 건

고달프고 외롭고 힘든 과정임에도

누구나 한번쯤 깊게 빠져들고 싶은 매력적인 일이다.

영화 '헤드윅'에서 영감을 받았습니다.

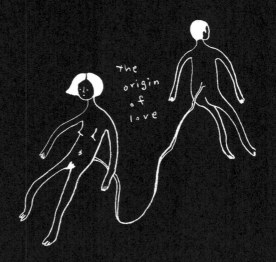

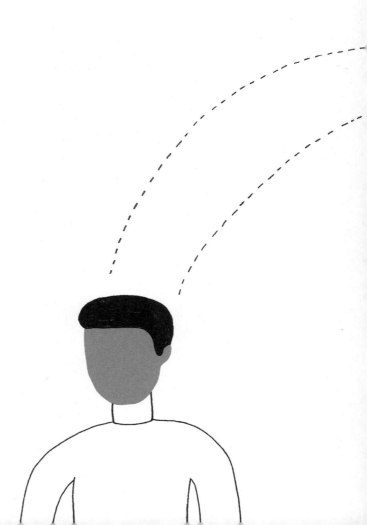

시그널

사인 보내고 있잖아.
모르겠어?
감이 안 와?

전 파 방 해

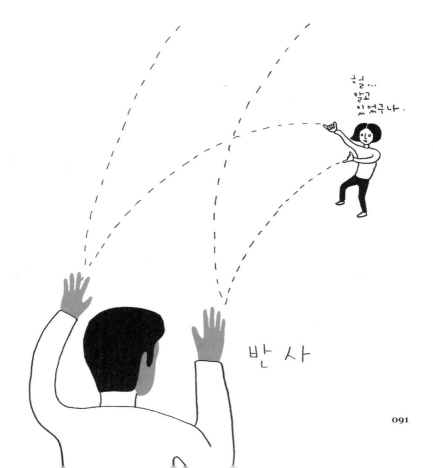

✧ 상상은 자유

친구가 아기 허스키를
안고 걷는데

보는 사람마다
난리다.

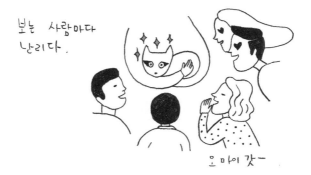

오 마이 갓―

"허스키다.
아기다.
예쁘다. 저기 봐.
멋지다. 귀여워.
갖고 싶다."

상상해봤다.

귀엽다.　갖.고.싶.다

오래 봐도 잠깐 봐도

나는 그 사람이 마음에
들었는데, 그는 아닌가 봐.
나를 사랑해줄 사람은 없나 봐.

'자세히 보아야 예쁘다.
오래 보아야 사랑스럽다.
너도 그렇다.'

풀꽃 - 나태주

내 동생도 그래!

무니야,
나는 오래 봐야만
사랑스러우면
잠깐 봐서는
매력이 없는 거냐.
소개팅으로 아무도
못 만나겠네.

으응 아...
그게
아니라

오래 봐도 잠깐 봐도 사랑스럽고 싶다.

연애의 바다

간 보는 염전 주인, 밀고 당기는 낚시꾼, 관리하는 어부 말고
섬 같은 남자

꼬리 치는 여우, 재고 따지는 딱따구리, 흔들리는 갈대, 겁 많은 토끼 말고
호수 같은 여자

✧✧ 스쳐 가는 것에 지쳐서

속설에 첫눈이 올 때까지 봉숭아 물이 손톱에 남아 있으면
첫사랑이 이루어진다고 하잖아.

지금은 어떤 이를 첫사랑이라 말해야 할지도 모르겠고,
분명 좋아했었는데 이름도 잘 기억이 안 나고.
이제는 오래돼 흐릿해진 첫사랑은 관심 없으니

봉숭아 물이 다 빠지기 전,

마지막 사랑이나 나타났으면…

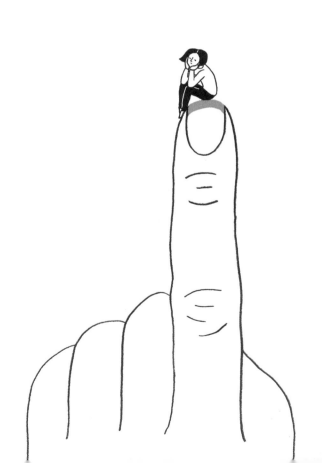

이제 그만

이제 그만하고
와 주라

✩✩ 거짓말 대결

사
랑
해

우리 헤어져

근황

잠이 안 와서 뒤척이다가
인스타그램, 페이스북, SNS를 다 보고도 부족해서
카카오톡 프로필 사진까지 훑게 됐다.

'어머, 이 편집자는 아기 엄마였네.'

 '이 분은 또 해외여행 갔나 봐.'

 '작가님은 곧 전시 시작하는구나.'

 '어, 뭐야, 실물하고 완전 달라.'

 '와, 벌써 책 나오네. 나도 어서 써야 하는데...'

그러다

너 ...

알고 싶지 않은 근황도 알게 된다.

넌 결혼하는구나.

봄바람 휘날리며 ~ ♬
흩날리는 벚꽃 잎이 ~
♪ 울려 퍼질 이 거리를 ~~
~~둘~~이 걸어요 ~

벗꽃엔딩 _ 버스커 버스커

당최 이뤄지지 않는 벚꽃엔딩

✧✧ 자연스러운 것

얼른 결혼해야지.
친구들도 하나 둘
결혼하고,
혼자 있으면 얼마나
외로워.

- 나 안 외로워.

결혼식
지루하다
!

핫한 Bar
알아냈어.
거기나 가자.

그거 알아?
친구들이 결혼하면
신기하게도
미혼인 다른 친구들이
생기더라고,
나이 들어서도 그런
무리가 생기겠지.

그래도 남들 해보는건 하고 살아야지.
결혼도 하고 아이도 낳아보고...

평생
혼자 살겠다는 거
아니야.

나이가 돼서 상황에 떠밀려
밀린 숙제하듯 결혼하고 싶지 않은 것뿐이야.

엄마는 그래도
때가 되면 결혼하는 게
자연스러운 거라고 말씀하시지만,

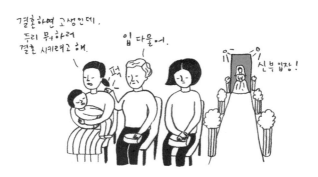

때가 돼서가 아니라 언제가 되든
결혼하고 싶은 사람이 생겨서
원할 때 하는 게 자연스러운 거 아닐까?

때가 돼서, 상황에 밀려서가 아니라
스스로 그러해서 하는 것.

오늘의 나
사이다 타임

너도 때가 됐지?

무슨 때요?
제 인생의 시기는
제가 알아서
정할게요.

그럼 결혼할
남자친구는 있고?

너무 사적인
질문 아닌가요?
제 사생활 입니다.

... 라고 당당하게
말해보고 싶다.

사랑은 이렇게

카페에 일하러 왔는데
옆 자리의 남자가 자꾸 신경쓰여
일에 집중할 수가 없어.
이렇게 사랑이 시작되는 건가.

…라고 착각만 30년.

선과 소개팅

맞선은 노동처럼 힘들다.

이 이야기를 하면 선을 본 경험이 있는 친구들은 무릎을 치고 공감한다. 하지만 선을 본 적이 없는 친구들은 원치 않는 상대와 시간을 보내며 느끼는 공허함, 알 수 없이 낮아지는 자존감을 전혀 이해를 못 한다. 소개팅과 다르게 없지 않냐는 반응이다.

선과 소개팅은 단 하나의 공통점이 있다. 처음 본 사람을 만난다는 것. 그 외 나머지는 많이 다르다. 선과 소개팅의 가장 큰 차이를 하나만 말하자면, 우선 주선자가 나를 아느냐 모르냐는 점이다. 소개팅은 나에 대해 어느 정도 알고 있는 친구가 주선자인 경우가 많기 때문에 주선자가

봤을 때 어느 정도는 어울려 보인다고 생각할 때 소개를 해준다. 하지만 선은 중매인을 통해 소개를 받는다. 중매인은 나에 대해 아무것도 모른다. 아니다. 아는 것도 있다. 나의 직업과 학력, 부모님의 직업과 재산, 가족 관계, 키와 외모, 나이, 종교 같은 것들이다. 나열해놓고 보니 꽤 많은 것을 아는 것처럼 보이지만, 나에 대해 '제대로' 안다고 말할 수 없는 것들을 알고 있다. 중매인은 그 정보를 놓고 조건이 맞을 만한 사람을 엄마에게 선보인다. 그 후 엄마의 심사에서 통과가 되면 나에게 만날 것인지에 대한 의중을 물어보는 단계가 온다. 여기서 내가 만나고 싶은지 아닌지는 중요하지 않다. 만남 의사 여부 확인을 가장한 통보일 뿐이다. 그 후 선 자리에 나가면 된다.

이러다 보니 선 자리에서는 나와 전혀 다른 종족인 것만 같은 부류를 소개받는 경우가 생긴다.

만남 내내 내가 대화를 이끌어가야 하거나,

배려심 없는 이기주의자거나,

예술과 문화에는 조금도 관심이 없거나.

그런데

나 또한 주선자가 골라서 선 자리에 나온 사람인데.

내성적이고 애교도 없는데다가 활동적이지도 않은 집순이,

삐쩍 마른 츄파춥스 같은 여자가 나왔다고,

맞선남들도 나를 '다른 종족' 같다 생각할까?

그럼 선 자리에 안 나가면 되지 않느냐고?

이것도 선을 본 적이 없는 사람만이 할 수 있는 질문이다.

엄마와 매번 이 일로 싸우며 사이가 멀어지느니

우선 선 자리에는 나가자고 스스로와 타협하게 되는 것.

✧✧ 사랑 고백

있잖아.

실은 말이야.

내가 너무 좋아 !

나부터 날 사랑해주기로.

보드라운 당신

뾰족뾰족 까칠해 보이는 고슴도치도
사랑하는 이에게는 말랑한 속살을 보여주는 법이야.

마음 울적한 날에 거리를 걸어보고
향기로운 칵테일에 취해도 보고 ~
한편의 시가 있는 전시회장도 가고
밤새도록 그리움에 편지 쓰고파 ~

누가 내게 눈부신 사랑을 가져다줄까 ~
＊ 이 세상은 ＊
'나'로 인해 아름다운데 ~

마로니에
'칵테일사랑'

3장

어른의 덕질

✦✧ 덕통사고

사노 요코도
윤사마 광팬이었네.
그럼, 작가이기 전에
헛헛한 일본 아줌마중
한 명이지.

사노 요코
〈사는게
뭐라고〉

근데 나는
남자 연예인은 관심 없어.
몰라, 안 봐, 누구야, 개네가,

'쌈, 마이웨이'
박서준

'응답하라
1988'
박보검

'도깨비'
공유

로맹가리랑
카위가
얼마나 섹시한데.

이랬던 나였는데.

친구야 또... 도와줘.
덕통사고를 당했어.
심장 폭행을 당해서 일상 생활도
할 수 없단, 흑흑 흑
그 아이가 머릿속을 떠나지 않아.
지옥 같아. 나 좀 제발
여기서 꺼내주라.
엉엉엉엉엉

헐...
너
괜찮니.

으 ㅡ

내가 덕후가 될 줄이야.

*덕통사고: 뜻밖에 일어난 교통사고처럼, 어떤 일을 계기로 갑자기 어떤 대상에 병적으로 집중하거나 집착
하게 되는 신조어로 덕후+교통사고의 합성어.
*덕후: 오덕후, 오타쿠의 변한 말. '특정 취미에 강한 사람', 단순 팬, 마니아 수준을 넘어선 '특정 분야의 전
문가'라는 의미다.

✧ 팬심 증후군

드라마 속 멋진 배우도, 한창 인기몰이 중인 아이돌도 전혀 관심이 없었다. 누군가의 열렬한 팬이 된 적도 없었다. 그런 나였는데 어느 순간 그 아이가 눈에 들어왔다.

〈프로듀스 101 시즌 2〉란 프로그램에서 한 아이돌 연습생은 웃는 모습이 예쁘고 춤 실력이 단연 돋보였다. 시간이 지날수록 마치 사랑의 열병을 앓는 듯 그 아이만 생각나고 심장이 쿵쾅거렸다. 하루 종일 그 아이를 검색하고 영상을 찾아봤다. 일상을 망가뜨려 가며 일에 집중하지 못하는 내 모습이 한심해 보였다. 누구는 이런 열정이 대단하다, 부럽다고 말해주기도 했지만, 스스로는 이렇게 심장이 뛰도록 좋아하는 사람이 연예인이라는 사실이 어이가 없었다.

이 상황은 예견된 일일지도 모른다. 클라이언트의 무리한 요구에 지쳤다. 억지로 나간 선 자리에는 직업 외에는 볼 것도 없는 인성도 갖추지

못한 나이든 남자가 나를 품평한다. 친하다고 생각했던 친구는 결혼 후 자신의 가족만 챙기며 나와 점점 멀어지는 것 같다. 지인들은 내 마음이 어떤지 들여다보기보단 원하지도 않는 현실적인 조언을 해주기에 급급하다. 홀로 열심히 일하며 내 분야에서 실력을 쌓아왔는데 성과를 이룰 때쯤 나이 많은 노처녀로 불린다.

외로웠고 지쳤고 피곤했다. 잠시 쉬어갈 곳, 기댈 곳이 필요했다. 이런 시기에 밝게 웃으며 열정적으로 자신의 꿈을 좇아 빛나는 그 친구를 보면서 현실의 힘든 짐을 잠시 잊을 수 있었다.

거기다 배려심과 자상함이 있었고 잘못된 상황에서는 똑 부러지게 말했으며 해야 할 일은 적극적으로 나서는 모습을 보여주는 이 연습생은 내가 기대고 함께 할 수 있는 듬직한 어른처럼 느껴졌는데, 순수하고 해맑은 소년의 얼굴로 항상 웃고 장난치는 모습에서는 권위적이거나 고압적인 현실 속 남자 어른의 느낌은 찾을 수 없었다. 여성에게 요구하는 사회의 높은 잣대(실력, 외모, 자기 관리, 애교, 육아 능력, 모성애 등)에 맞춰가며 언제나 억눌리기만 하다가, 어느 날 외모와 실력, 인성을 갖춘 완벽한 존재가 나타나더니 나에게 춤춰주고 웃어주며 사랑만 주면 된다고 말한다. 어쩌면 〈프로듀스 101〉의 연습생들을 평가하고 경쟁시켜 데뷔하게 만드는 게 사회가 우리에게 요구해온 나쁜 방식을 답습하고 있는 건 아닌가 싶은 생각이 들면서도 그 아이를 응원하기 위해 그 프로그램을 계속 보게 되었다.

철없는 시절에 하는 행동이라고 생각했었는데 이 나이에 아이돌에게 광적인 마음을 가질 수 있는 건가 싶었다. 헛헛한 마음을 채우려 한 것인지, 그동안 현실 속 일부 남자들의 권위적인 태도와 정반대로 잘 웃고 맑은 모습에 반해서인지, 또는 이런저런 이유 없이 단지 그의 재능과 외모를 높이 평가해서든지 간에 나는 이 남자 연습생에게 푹 빠졌다. 그리고 이 아이가 연습생에서 벗어나 정식 데뷔를 하게 됐고 난 공식 팬클럽도 가입하며 덕질이라 불리는 취미가 생겼다.

내가 좋아하는 스타가 광고하는 물건을 애용하고, 그의 취향과 식성을 따라 하고, 관심도 없던 예능 프로그램을 열심히 시청한다. 누군가를 좋아하고 응원하는 마음이 다른 사람이 몸에 들어온 듯 일상을 아예 바꿔버렸다.

너 원래 에일 맥주 즐기지 않았어?

내가? 내가 언제? 나 라거 종류 좋아해.

└ 내 스타가 광고하는 맥주

역시 라면에는 고춧가루과 후추를 타야 제맛이야!

너 매운 거 못 먹잖아.

└ 내 스타의 취향

웬 커피?

심장 두근거린다며, 열이 난다며, 배 아프다며, 미식거린다며, 카페인에 민감하잖아. 너 커피 못 마시잖아.

아, 세상에 못 먹는게 어딨어, 이제부터 적응하리 뭐.

└ 팬 사인회 응모 이벤트용 커피

✦ 내 스타 영업하기

있잖아. 세상에서 가장 완벽한 생명체가 등장했어!

신이 실수한 것 같아. 어떻게 순수미와 퇴폐미가 공존할 수 있지? 귀여움과 섹시함이 동시에 나올 수 있어? 프로페셔널함과 신선함이 같이 느껴지는 게 가능해? 남성미와 소년미가 겹쳐 보여! 춤 선은 파워풀하면서 섬세해. 어떻게 극과 극의 성질이 한 몸 안에 있을 수 있냐고.

이 영상 좀 봐. 이래도 안 좋아할 거야?

……

이 기세로 공부를 했으면 서울대를 갔을 거고,

이 마음으로 연애를 했으면 절절한 로맨스 몇 편은 썼을 것이며,

이 열정으로 보험을 팔았으면 보험왕이 됐을지도 모른다.

✧✧ 쟤가 개니?

내 스타가 데뷔하고 난 후 한 화장품 브랜드에서 제품을 사면 브로마이드를 증정하는 첫 이벤트가 열렸다. 증정 일은 토요일이었는데 아침부터 매장 앞에 줄이 길게 서 있다는 제보가 SNS에 속속 올라왔다. 비도 오는데 어린 소녀들 틈 사이에서 껴서 줄을 서기가 부끄러워 친구와 톡을 주고받으며 집에서 쉬고 있었다. 그런데 친구는 후회하지 말고 어서 지금 당장 나가라고 나의 첫 덕질의 시작을 응원한다. 친구의 응원에 힘을 얻은 것도 잠시, 이내 마음이 불안해졌다. 매장이 오픈한 지는 벌써 세 시간 정도가 지났다. 원하는 멤버의 브로마이드는 이미 품절됐을 수도 있다는 생각에 머리도 안 감고 화장도 안 한 채 모자를 깊게 눌러쓰고 집에서 가까운 신촌의 한 매장으로 달렸다. 매장 안은 팬들로 북적였고, 이 아이돌이 광고하는 화장품은 이미 품절이었다. 사려고 생각했던 제품이 없자 무엇을 골라

딸 아이것 하나,
제 것 하나
입니다.

저랑 담임 선생님이랑
취애가 같아요.
선생님 주려고
두 개
구했어요.

야 할지 몰라 허둥대기 시작했다.

'어차피 올 거 일찍 나올걸. 화장품을 고르는 사이에 내 앞에서 바로 브로마이드가 소진되면 어떡하지?'

조바심이 들어 우선 계산하기 위해 길게 늘어선 줄 끝에 섰다. 그리고 옆 선반에 보이는 아무 화장품이나 집어 들었다. 혹여 브로마이드를 받지 못할까 봐 초조한데 내 바로 뒤에 엄마와 함께 온 십 대 소녀는 신이 났다. 누구누구를 받아야 한다며 종알거린다. 시험을 앞두고 브로마이드를 받으러 나온 딸에게 잔소리하다가도 딸이 좋아하는 연예인에 관심 가져주는 엄마의 대화가 듣기 좋다. 대화를 엿듣던 중 드디어 내가 계산할 차례가 왔다.

"브, 브로마이드 주세요. ○○○주세요."

개미같이 기어들어가는 작은 목소리로 말했다.

"네? 누구 달라구요?"

"○○○이요. ○○○주시라구요."

10대 소녀의 엄마가 나를 흘긋 보더니 딸에게 쩌렁쩌렁한 큰 소리로 묻는다.

"쟤가 30대가 좋아한다는 걔니?"

네, 맞습니다. 브로마이드 받겠다고 필요하지도 않은 화장품 사고, 머리도 안 감고 뛰쳐나와 줄 선 제가 그 '30대' 맞습니다!

매장이 울리도록 그렇게 큰 소리로 외치셔야 했나요…….

저는
딸이 부탁해서요.

멤버 전원
모두 사야
진정한 팬 아닌가요?

깨끗하게, 맑게, 자신 있게!

우어어어어
화가 난다

어릴 때의 불안함과
널뛰던 감정 기복에서 벗어나
조금은 성숙하고 안정적인
지금의 내 나이가 좋았는데

할 수 있어!

아직 순수하고 풋풋하고 생기 있는
그 친구를 보면서,
빛나는 눈 안에 꿈이 가득한 걸 보면서,
잘 웃고 긍정적이며 도전하는 모습을 보면서

시체들 같아

내 주변을 둘러보고 있자니
그 나이대가 약간 그립기도 하다.

깨끗하게
맑게
자신있게!

그 아이처럼
많이 웃어보는 거야!

할 수 있다!
좋은 생각만 하자.

술도 조금 줄이자.
운동도 열심히
해야지!

나도 생기 있고 건강한 아름다움을 갖고 싶어!

열정과 이성 사이

엄마가 세상 전부인 시절도 있고, 또래 집단의 생각이 일
순위였던 나이대도 있다. 많은 시간을 남이 나를 어떻게
볼지에 따라 삶이 좌지우지되었다. 인생의 조언 중에는
남의 시선은 크게 중요한 것이 아니니 자신의 마음을 들
여다보라는 투의 이야기가 많다. 그래서 그런지 어느 정
도 삶의 경험이 쌓이고 내가 원하는 것을 찾으려 노력하
다 보니 세상의 굴레에서는 조금 벗어나는 듯싶다. 남이
어떻게 보고 생각하는지보다 내가 뭘 원하고 하고 싶은
지가 중요하다고 생각하는 때가 온다. 그러나 주체가 내
가 되었다고 해서 삶에서 어떤 행동의 선택이나 의사 판
단이 쉬워지는 것은 아니다. 오히려 내 안에서의 기준점
잡기 싸움은 더 격렬하게 벌어진다. 어떤 자극으로 인해
새로운 생각을 받아들여야 할 때 내가 평소에 생각해오

던 가치관을 깨뜨리거나 갈아엎어야 하는데 경험이 많을수록 이게 쉬울 리가 없다.

남자 아이돌을 좋아하게 된 초기에는 주위의 시선이 많이 신경 쓰였다. 나보다 한참 어린 남자를 좋아하고 아이돌 음악을 즐기며 그들을 따라 다니는 게 남들이 볼 때 좋아 보일 것 같지 않았다. 한동안 그 마음을 숨기고, 들키면 부끄러워했다. 그런데 시간이 지나면서 남의 시선은 큰 문제가 안 됐다. 누군가에게 피해를 주는 것도 아니고 내가 좋아하는 걸 즐기겠다는데 남의 눈치를 본다는 게 앞뒤가 맞지 않는 것 같았다. 삼십 대에 아이돌을 응원하는 모습이 사회에서 소수의 행동이라는 이유로 숨긴다는 게 오히려 잘못된 거라는 생각이 들었다. 누군가를 싫어하고 미워하는 행동이 잘못된 것이지 좋아하고 응원하는 건 아름다운 일이라는 생각마저 들었다. 그런데 남의 시선만 벗어나면 무거운 마음을 훌훌 털

살면서 이런 열정
두 번은 안 온다.
언니 아직 젊어!
나이가 뭐가 중요해!
에너제틱 하게
하얗게 활활 불태워줘!
Burn it Up!

너 미쳤어?
정신 차려!
제 정신이니?
책도 써야 하고
신경 쓸 일이 얼마나 많은데.
팬사인회 은모권
받겠다고 줄을 섰어?
돌았구나.
네 인생이나 챙겨.

둘 다 나좀
내버려 두거.

어버리고 마음껏 덕질을 할 수 있을 줄 알았는데, 더 큰 갈등이 시작됐다.

책 작업에 집중해야 하는 시기에 팬 사인회 응모권을 받으려 몇 시간씩 줄을 서는 게 과연 생산적인 일인가? 작업 마감을 앞두고 음악방송 녹화를 가는 게 과연 내가 살아온 삶의 방식에 맞는 건가? 만약 콘서트를 가게 되더라도 어린 소녀들 틈에서 내 나이를 부끄러워하지 않고 당당하고 떳떳하게 즐길 자신이 있는가? 재충전해야 할 시간에 잠도 안 자고 영상과 사진을 찾아보는 게 과연 가치 있는 일인가? 진정으로 인생에서 이루려고 하는 일에 도움이 되나?

30년간 쌓아온 그놈의 삶의 방식, 인생의 가치와 갑자기 내 일상에 들어온 덕질 세계의 룰이 충돌해 매일 머릿속이 전쟁터와 같았다. 감정은 날뛰는데 그때마다 일일이 의문을 갖고 끌어내리며 자제하려고 했다. 남이 문제가 아니었다. 나 자신을 스스로가 제일 괴롭히고 있었다. '이 나이'와 '내 상황'을 들먹이며 말이다.

내 안에서 소녀의 순수한 열정과 어른의 냉철한 이성이 자꾸만 충돌해 나만 축나고 있다.

✧✧ 덕질과 성찰

자신이 좋아하는 것이 생기면 그것에 대해 표현하고 싶어진다. 덕질을 시작하며 내 마음을 계속해서 밖으로 표현하고 싶은데 친구들에게 덕질 이야기를 하는 것에는 한계가 있었다. 그들은 물론 나를 위해 성심성의껏 들어주려고 노력했지만, 모두 다 이해하기에는 어려움이 있어 보였고 아직도 더 할 이야기가 남았냐는 표정이었다. 자신의 취향이 아닌 이야기를 듣는 것에는 한계가 있다. 어쩔 수 없는 일이다. 내 목소리가 벽을 치고 돌아오는 것처럼 느꼈고 같은 취향을 가진 이들과 실컷 대화하고 싶은 욕구가 생겼다. 그러다 같은 아이돌을 덕질하고 있는 학교 후배를 알게 됐고 그녀의 직장 동료와 함께 셋이

만날 기회가 생겼다. 나보다 겨우 네다섯 살 어릴 뿐이었는데 20대 후반인 그녀들은 내 또래라기보다 10대, 20대 초반에 가까운 에너지와 활기를 띠고 있었다. 자유롭게 열려 있었으며 자신이 원하는 것을 얻는데 부끄럼이 없었다. 팔딱팔딱 뛰는 생선처럼 날것의 싱싱함이 있었다. 좋아하는 일, 덕질에 적극적으로 참여했으며 SNS를 통해서 생각과 감정을 거침없이 쏟아냈다. 몸을 사리고 튀지 않으려 주변을 의식하면서 머뭇거리는 나와 달리 그녀들은 머릿속의 것들을 실천으로 옮기는 데 스스럼이 없었다. 그동안 내가 찾던 열정이 이런 거였구나 싶었다. 그녀들과 만나는 시간 동안 새로운 돌파구를 찾은 것 같아 즐거웠다. 그 친구들로부터 받은 에너지와 활기에 나 또한 생기로 온 몸이 가득 채워지는 느낌이었다.

조쉬가 제이미에게 반했다면 이런 느낌이 아니었을까 싶다. 영화 '위아영We are young'에서 40대의 조쉬와 코넬리아가 바라본 20대의 제이미와 다비는 열정적으로 현재에 집중하고 바쁘게 움직이며 자신이 하는 일들을 즐기며 산다. 취향에 차별이 없고, 고급과 저급을 가리지 않는다. 이 모습에 조쉬와 코넬리아는 빠져들어 그들로부터 활기를 얻는다. 이들과 함께 20대처럼 행동하는 조쉬와 코넬리아를 또래인 마리나 부부는 철없게 바라보기도 하고 이해하지 못하기도 한다.

젊은 시절처럼 에너지를 느끼고 싶어 하는 코넬리아, 그리고 제이미를 만나고 나서부터 할 수 있는 것들이 많아졌다고 느끼는 조쉬는 요즘의 내 모습과 너무 닮아 있었다. 덕질하는 20대 친구들의 열정적인 태도와 그것을 즐기는 모습에 자극받고 반하게 됐으며, 안정감 안에서 무기력해진 내 또래와 나에게서는 느낄 수 없는 생생함에 끌렸다. 세상에 못 할 일, 불가능한 것, 나이는 전혀 문제가 되지 않을 것처럼 느껴졌다.

"왜 우린 뭐든 관두는 걸까? 인생은 뜻대로 안 되는 거라서?"
"인생은 딴 계획을 가지고 있지."
"인생은 다른 계획에 눈 돌릴 때 움직인다."

– 영화 '위아영' 중

하지만 인생은 뜻대로 되지 않는다. 자신의 가치관과는 너무 다른 제이미의 방식을 알게 되고 그 안에서 조쉬는 또 다른 혼란을 겪는다. 조쉬가 새로 찾은 에너지라고 생각했던 것이 삶의 돌파구가 되지는 못했지만,

조쉬는 제이미를 통해 진실과 허구에 대해 또 다른 시각을 얻게 된다.

나 또한 그렇게 될지도 모른다. 그녀들의 생기가 부럽지만, 언제까지 계속 쫓아갈 수 있을지는 모르겠다. 생경한 10대의 팬덤 문화, 트위터와 갤의 여과되지 않은 언어가 적응하기 어렵고 따라가기 벅차다. 때론 어린 친구들의 팬 활동 방식이 과하게 예민하고 때론 거칠어서 거부감이 들기도 하고 팬심을 지나치게 상업적으로 이용하려는 어른들의 태도가 거슬리기도 한다. 평소 나의 성향과 전혀 다른 문화인데도 어떻게 이리 깊게 아이돌에 빠지게 됐을까. 내가 어떤 상황에 처해 있었길래. 나는 덕질을 돌파구로 활용하려 했던 걸까. 최근 내 마음 상태를 계속 돌아보게 되고, 어떤 결핍이 있어서 계속 좋게 됐는지 고민하게 된다.
다른 것들을 시도해볼 때, 원래의 삶의 방향에서 벗어나 볼 때, 다른 계획에 손을 뻗을 때. 그 시도가 정답이 아닐 지라도 그것에서 분명히 자극을 받고 내 인생을 돌아보게 된다. 몇몇은 여전히 나를 철없게 10대 문화에 빠져 있다고 볼 수도 있겠지만, 이 자극은 나를 돌아보고 어떻게 살아왔는지에 대해 성찰하게 만든 건 확실하다.

'덕질'과 전혀 어울릴 것 같지 않은 '성찰'이라니.

미련 없이

사람마다 무엇을 더 중요하게 생각하는지는 다르겠지만, 살면서 나에게
아쉬움이 더 크게 남는 쪽은 해서 후회하는 것보다 안 해서 후회하는 쪽
이었다.

'그때 더 많이 연애해볼걸. 여러 경험을 많이 쌓아볼걸. 여행도 더 많이
다닐걸. 더 공부도 많이 하고, 책도 많이 읽을걸. 더 열정적으로 놀걸. 그
때 조금 더 똑 부러지고 단호하게 거절할걸.' 등등.

그래서 일상에서부터 작은 것들이라도 후회하지 않으려고 한다.
바로 차일 거지만 고백해보고,
돌아오지 않을 걸 알면서 붙잡아보고,
흥에 겨우면 춤도 추고,
10대 소녀들 틈에서 아이돌에게 환호도 하고.

'그때 그럴걸, 그때 이렇게 행동할걸, 그렇게 말할걸…'
자꾸 그 당시를 붙잡고 후회하면 과거를 떠나보내기 힘들어진다.

부끄러워하지 말기!
후회 말고
오늘을 충실히!
충실히 덕질하기!

오늘의 나

대신, 후회 없이 하고 싶은 대로 살다 보면 흑역사를 남기게 된다.
미련과 흑역사 둘 중에 하나 선택해야 하는 게 인생.

살아보니, 미련이 남는 것보다 흑역사가 남는 게 낫더라!

돌아와-
가지마-

〈구질구질 흑역사〉

〈진상녀 흑역사〉

내가 좋아하는
음악이다~

너 미쳤어?
여기
클럽 아니고
식당이야.

블로그에다가
이보다
사랑하는
남자는 앞으로
못 만날것 같다고
올렸어.

설마 …
그 아이돌
말하는 거니?
너 정말
결혼 생각 없구나.

〈진행 중인 흑역사〉

☆☆ 열정만큼은!

아이돌 콘서트 스탠딩이 꽤 힘들다는 이야기는 익히 들어 알고 있었다.
하지만 가까이서 볼 기회인데
'이까짓 거! 힘들어야 얼마나 힘들겠어!'라고 생각했다.
누구보다 열광적으로 환호해줄 수 있는 마음이었다.

스탠딩은 미리 입장해
공연 전에 오래 서 있어야 하지만,
내 스타를 본다는 생각에
견딜 수 있었다.

등허리가 끊어질 것 같을 때쯤
공연이 시작했다.
드디어 내 스타가 등장했다!

그런데 이건 뭐지. 노래가 안 들린다.
무대가 안 보인다.
여기저기서 곡소리가 더 크게 들려!

이게 바로 그 유명한 스탠딩 파도타기인가.

*스탠딩 파도타기: 무대를 좀 더 가까이서 보기 위해 뒤에서 밀고 좌우에서도 밀기 때문에 관객들이 중심을 못 잡고 휘청이며 파도가 출렁이는 것처럼 보이는 것에서 나온 말.

더는 못 참아!

으아,
비켜주세요.
저 제일 뒤로 갈게요.

내 몸으로는 못 버티겠다.
마음은 이게 아닌데 몸이 30대라고 울부짖고 있어!

오늘의 나
마음은 10대만큼, 아니 그보다 불타오를 수 있어!

4장

엄마 앞에서는 늘 어른이

✧✧ 엄마는 다 안다

"딸 보니까 좋네. 잘 지냈어?"
"그럼, 나야 항상 잘 지내지. 엄마 몸이나 잘 챙겨.
난 어제도 친구들이랑 늦게까지 놀다가…"
"근데, 딸."
"응?"
"우리 딸은 힘든 일 있어도 말을 안 하니까."
"…"

말 안 해도 엄마가 이렇게 다 알아주니까.

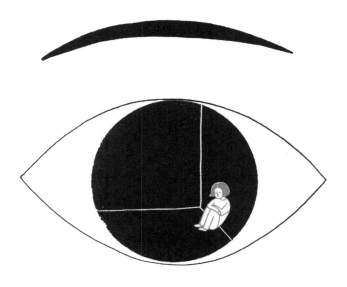

들어줬으면

엄마 좋아.
엄마 사랑해.
엄마 고마워.

옹알옹알
응애 응애 응애
우웩!

지금은 토토가 내 맘까지 헤아릴 정도로
말을 예쁘게 하는 네 살 아기지만,
갓난아이 시절, 주말부부인 엄마는
매일 혼자서 옹알거리기만 하는 너를 돌보느라 조금 힘들었어.
육아는 해야만 하는 일이니까 받아들일 수 있었지만,

엄마한테 걸어볼까?
걱정하시겠지.
토토 아빠는?
또 싸우게 되겠지.
동생은?
바쁠 거야.

엄마 너무 힘들어.
우리 토토는 정말 예쁘지만,
내 인생도 사라진 거 같아서
허무하고,
종일 대화도 없이 지내는 것도
서럽고
...
이 말 누군가 들어줬으면
좋겠어.

누군가
엄마 말을 들어줬으면 했거든.

"엄마~"

"아가 왔어?"

"엄마 내 나이가 몇인데 아가야. 진짜 창피해. 누가 들을까 무섭다."

라고 말했지만,

그 순간만큼은 어른의 짐을 내려놓고 쉴 수 있었다.

오냐, 내 새끼.

분신술이 필요해

어릴 때 손톱을 아무 데나 깎아놓으면 쥐가 와서 그것을 주워 먹고 나와 똑같은 모습으로 변한다고 했다. 그리고 집에서 나를 내쫓고 그 쥐가 대신 산다는 무시무시한 이야기가 있었다. 자신의 신체 부스러기를 아무렇게나 어질러놓지 않고 잘 정리하는 습관을 들이게 하기 위한 어른들의 방책이었겠지만, 나는 그 말을 정말로 믿었다. 자른 손톱을 쓰레기통에 버렸다가 쥐가 몰래 들어와 주워 먹어버릴 것 같아서 항상 손톱을 한쪽에서 고이 자르고 잘 그러모아 변기에 버리고 물을 재빨리 내리곤 했다.

그런데 요즘은 손톱을 깎을 때마다 잘려나간 내 몸의 일부를 바라보며 들판에 나가 흩뿌려볼까 하는 생각을 한다.

누가 내 손톱 좀 먹어주라.

내 몸 좀 늘려줘.

내 일 좀 덜어가라. 제발.

이게 삶의 과정이라면

아기를 보면
놀고, 먹고, 자고, 울고, 떼쓰고, 화내고…
하고 싶은 것은 다 하고 사는 것처럼 보인다.

나도 울고 싶고 화내고 싶어.
실컷 자고 싶고 쉬고 싶어. 놀고 싶어.

그리고 가끔은
아무 생각도 하고 싶지 않다.

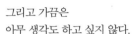

어른 되면
술도 먹고 화장도 하고
하고 싶은거
다해야지!

젤리
더 먹을래.
더줘.
더줘.

어른이
됐는데,
왜...

이렇게 점점 참고 억제하고 누르며,
본능마저도 충족시키지 못한 채
하고 싶은 것들을 하나둘 없애며 사는 것 같다.

억제하는 게 삶의 과정이라면
죽을 때쯤에는 할 수 있는 게
하나도 남아 있지 않게 되는 건 아닐까.

✦✧ 잘하고 있는 걸까

"우리 아이는 수줍음이 너무 많아 자꾸 나에게서 안 떨어지려고 해."

"그건 걱정도 아니야. 얘는 너무 뛰어다녀서
공공장소에 데려가지를 못하겠어."

"그래도 뭘 집어 던지지는 않잖아.
요즘 들어 친구들 장난감도 뺏고 맘에 안 들면 집어 던져."

"어휴. 우리 아이도 그래. 얼마 전부터 떼쓰는 게 장난이 아니야.
내가 감당이 안 되고 있어."

'내가 뭘 잘못 하는 걸까.'
'난 최선을 다했는데.'
'내 탓인가 봐.'
'다른 엄마들에 비해 난 부족한가.'

우린 잘하고 있는 걸까.

오늘의 나
때론 아이에게라도 인정받고 싶은 어른이다.

아무래도 수상해

응 —
엄마
여깄어.

아이고
무릎아 —

아이고,
여기는 착한 딸내미네.
나는 손주 보느라
이 놈의 관절염이
낫지를 않아.

주저리 —
궁시렁 — 주저리 —
궁시렁 —

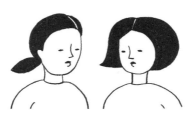

☆ 엄마의 엄마의 엄마

토토도
엄마가 회사가면
엄마 보고 싶을 때
눈물나지?

할머니도 할머니의
엄마가 있어.

엄마의 엄마의 엄마가
보고 싶어서 그래.

✧ 우리 엄마 이야기

나는 젊은 시절에 직접 옷을 만들어 파는 의상실을 운영했다.

"엄마는 아빠를 만나지 않았거나,
의상실이 익산이 아닌 압구정동에만 있었어도
지금 청담동 사모님 옷은 아마 내가 다 책임졌을걸?"

"에이- 허풍은!"

"오, 우리 엄마 허풍이 아닌데?
기하학 패턴의 새빨간 원피스는 안나수이나 구찌가 떠올라.
깔끔하게 딱 떨어지는 연초록 재킷은
질샌더나 끌로에가 생각나네. 지금 봐도 세련되고 멋지다!"

그때 정말 일을 계속 해왔다면,
더 큰 꿈을 안고 서울로 올라왔다면
난 어떻게 됐을까?

시즌별로 패션쇼를 열고
누구나 알만한 브랜드 하나쯤 갖고 있을지 몰라.
셀러브리티들이 자진해서 참석하길 원하는 쇼의 런웨이에서
당당히 걸어 나와 인사를 할 수도 있겠지.

패션지에 간혹 인터뷰도 실리며
패션계의 살아있는 전설로 불릴지도 몰라.

선생님은 왜 브랜드
확장 안하세요?

─ 전 지금이 좋아요.

유명한 여배우의 시상식 의상을 제작할 수도 있고
운이 좋으면 영부인의 옷까지 만들었을지도 몰라.
가방이나 화장품 같은 분야로 사업을 확장해서 돈을 많이 벌었을까?
아니다. 나는 사업을 크게 벌일 성향은 아니니
한남동에서 오트 쿠튀르를 운영하며
예술성 있는 값비싼 맞춤 의상만 제작해볼까?

지금이
좋대
ㅋㅋㅋㅋㅋ

선생님 이래.
ㅋㅋㅋㅋㅋ

상상은 끝도 없이 이어졌다.
상상만 해도 좋구나.

엄마!

상상의 끝에는
밖으로만 도는 남편 때문에 속이 문드러지고,
아이들을 키우느라 재봉틀을 구석에 처박아놓은
단칸방 현실로 돌아왔다.

왜 혼자 웃어?
무슨 생각을 그렇게 해?
밥 다 됐어?
밥 줘, 엄마 ─

누구의 아내, 누구의 엄마 이전에 나도 꿈이 있는 여자였는데.
그걸 너무 오래 잊었다.

✦필요한 순간

"두리야, 토토에게 가줄 수 있어?"

언니가 다급하고 불안한 목소리로 나에게 전화를 걸었다. 웬만하면 나를 찾지 않고 해결하고 싶었다는데, 아이가 너무 심하게 울고 있는 모양이었다. 언니는 복직한 지 일주일밖에 되지 않았고, 조카는 엄마 대신 등원 도우미와 함께 어린이집을 다니기 시작했으며 종일반에 적응 중이었다. 자지러지게 울며 엄마만 찾아서 등원 도우미에게 전화가 왔다고 했다. 언니가 당장 갈 수 없는 상황이라 본인 대신 내가 아이에게 가봐줄 수 없냐는 부탁이었다. 나는 아픈 엄마의 상태를 확인하러 아침 일찍 고향에 내려가려 준비 중이었다. 잠시 고민이 됐지만, 바로 조카에게 달려갔다. 엄마는 내가 없어도 자신을 돌볼 수 있을지 몰라도, 조카는 믿고 의지할 사람이 절대적으로 필요할 거라는 생각이었다. 아이는 안정감을 느낄 수 있는

상대를 보자 금세 울음을 그쳤고 마음이 진정되자 어린이집에 가겠다고
했다. 조카를 보내고 나서 엄마에게 전화를 걸었다.

"엄마, 나 오후에 익산에 내려가려고."
"오지 마. 엄마 아무렇지도 않아. 바쁜데 왜 와. 절대 오지 마!"

괜찮다며 오지 말라고 극구 말린다. 내려가겠다는 나와 오지 말라는 엄
마가 몇 번의 실랑이를 벌이다가 이미 기차표 끊었으니 내려가겠노라고
단호하게 선을 그었다. 방금까지 격하게 오지 말라던 엄마의 목소리는
순식간에 부드러워진다.

"그럼… 올래?"

네 음절 안에 설렘을 감출 수 없는 감정이 실려 있다.

엄마도 내가 필요할지도 모른다는 생각이 들었다. 조카처럼 자지러지게
울며 네가 필요하다 표현할 수 없을 뿐이었다. 오랜 시간 동안 가족을 돌
보느라 자신을 봐달라고 표현하는 것이 낯설 뿐이었다.
엄마도 이제는 다시 누군가가 필요한 나이가 된 것일지도 모른다.

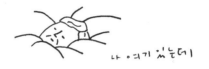

나 여기 있는데

✧ 프로 거짓러

" 나는 엄청 잘 지내.
  일도 잘 하고 있고.
  잘 먹고 잘 놀고 있지.
  요즘 좋아, 엄마는? "

" 엄마도 당연히 잘 있지.
  이제 안 아파.
  다 나았어.
  응응. 그래 끊자, 딸. "

엄마도 나도

점점 거짓말이 능숙해진다.

츤데레 엄마

엄마는 내 맘도
모르고... 흑흑
십 대 때 안 해본 거
지금 해보겠다는데

여보세요?
아줌마.

어...엄마

아줌마,
얼른 콜드브루 가져와라.
멤버 다 모아서.
다 모으기 어려워?
그럼, 우선 있는거라든
다 줘.
내가 꼭 필요해.

어어.
내일 아침에
꼭 가져와야해.
꼭이야!

오늘의 엄마
자식이 좋다고 하는 일은
끝내 반대하지 못하더라.

194

드라마를 보다가

"저 배우 정말 듬직하고 멋지지 않니?

꼭 깎아놓은 밤톨 마냥 얼굴이 어디 하나 안 예쁜 구석이 없어."

"오. 엄마, 10년만 젊었으면 해볼 만할 것 같아?

엄마 아직 청춘이네. 호호호."

"아니. 저런 사위 얻고 싶다고."

"…"

저렇게 생겼으면
얼굴값 해.

그럼
감자 같은 애라도
데려와봐라.

엄마는 서러워서 운다

엄마는
눈물이 많은 편이긴 하지만
아픔은 잘 참았다.

엄마 저게 슈퍼? 주인공 불쌍해서 어쩌니.

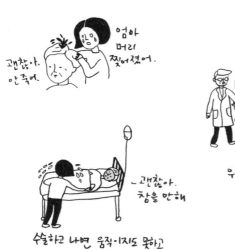

괜찮아. 안 죽어.

엄마 머리 찢어졌어.

- 괜찮아. 참을 만해

수술하고 나면 움직이지도 못하고
이렇게 아픈데 혼자 수술받으라고 하봤어?

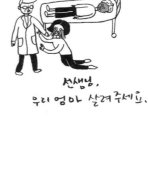

응급 중환자

엄마… 괜…찮…아

선생님, 우리 엄마 살려주세요.

그런 엄마가 운다.

대상포진이 너무 아프다는 구실로

'많이 아프냐'는
따뜻한 말 한마디 건네지 않는
아빠에게 서러워서 울고

아프면 나만 고생이라는
인생의 진리가 얄미워서 운다.

이제는 안다 ◇

"엄마, 내가 있는데
뭐가 서러워.
울지마. 울지마.
에고, 아팠어요?"

내가
있잖아!

... 라고
든든한 딸인척, 강한 어른인 척
했지만,

어른들은 강한 게 아니라

강해지려고 노력한다는 걸

이제는 안다.

'울지마, 나까지 울면 안돼.
더 강해져야지.
엄마는 이제 내가 지켜야지.'

5장

/

그렇게 시간이 흘러

✧✧가지 마

가지 마,
가지 마,
제발
나를 두고
그렇게…

시간아,
그렇게
빨리
가야 했니.

담담

비행기가 아파트와 충돌했거나 전쟁이 났거나 이 둘 중 하나라고 생각했다. 어마어마한 굉음에 침대에서 벌떡 일어나 정신을 차리려는데 침대와 천장이 흔들리기 시작했다. 옆에서 자고 있던 엄마를 겁에 질려 세차게 흔들어 깨웠다.

"엄마, 일어나. 지진 났나 봐. 엉엉엉."

엄마는 반쯤 눈을 떠 나를 다독이는 듯하더니 이내 곧바로 잠이 다시 들었다. 흔들림은 멈췄지만, 또다시 지진이 시작돼 아파트가 무너져 내릴까 봐 잠이 오지 않았다. 다시 잠이 든 엄마 옆에서 계속 뒤척일 수 없어서 방에서 나와 '익산 지진'을 검색했다. SNS에는 지진의 공포로 잠을 이루지 못하고 있는 이들의 글이 끊임없이 올라왔다. 난 SNS 속 사람들과 함께 두려움에 떨며 소파에 앉아 그날 밤을 꼬박 새웠다.
아침이 되어 온갖 호들갑을 떨며 엄마에게 말했지만 엄마는 무덤덤하기만 하다.

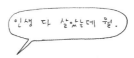
인생 다 살았는데 뭘.

"큰 지진도 아니었던걸. 이제 인생 다 살았는데 뭐. 무슨 일 난다 한들 어떡하겠어."
엄마가 요즘 자주 하는 말이다.

'인생 다 살았는데 뭘.'

어느 정도 살았다고 느껴야 이렇게 무덤덤해질 수 있을까? 살아온 날보다 남은 날이 더 짧게 느껴지면 어떤 일이 일어난대도 덜 예민하고 더 너그러워질 수 있는 걸까? 웬만한 일은 그저 그러려니 넘기게 되는 걸까? 자연스레 담담해지는 걸까?

'담담'이란 말.
인생을 다 살아 미련도 집착도 없이 그 무엇에도 동요하지 않는 어른의 단어처럼 느껴진다.

너라도 ✦

너라도

내편이 되어줘

뒷면

주인공의 사랑이 이루어지며 해피엔딩으로 막을 내리는 작품에서
그 사랑 때문에 아프고 힘들어하는
조연은 언제나 무대 뒤에 숨죽이고 있다.
조연에게 그 작품은 새드엔딩일 뿐이다.
언젠가부터 조연의 마음에 더 신경이 쓰인다.
빛은,
내가 아니더라도 많은 사람이 보니까.

무대 뒤, 그늘 아래, 달의 뒷면에 마음이 더 간다.

✧✧ 기댈 곳이 필요해서

기댈 곳이 필요해서

혼자 나이가 든다는 것

요즘엔 혼자 무언가를 할 일이 생기면 꾸미고 나가게 된다.
행색까지 초라해 보이면 왠지 나를 불쌍하게 보거나
저래서 혼자 있는 건가 하는
생각을 할 거라는 기분이 조금 든다.

나이가 들어 혼자 있다는 건 외로워 보이는 건가?
쓸쓸해지는 걸까?
누군가의 동정을 받을 일인가?

나이가 들어도 멋져 보이고 싶은데.
혼자 있어도 당당해 보이고 싶은데.

이건 실은 겉모습에서
나오는 게 아닐지도 모르겠다.
어릴 때는 혼자 밖을 다니며
츄리닝 차림으로 나가도 부끄럽지 않았으니까.

혼자 있어도 빛이 나는,
내면도 외모도 멋진 여성으로 늙고 싶어!

재미없어.
너무 어렵다.
나가자, 응?

오늘의 나
내 꿈은 '귀엽고 멋있는'
할머니입니다.

한계

어릴 때의 꿈은 한계가 없다.

로봇도 될 수 있고 동물캐릭터가 될 수도 있다.

'무언가 되고 싶다.'만 생각하지

'이래서 안 돼, 저래서 안 돼.'라는 생각을 하진 않는다.

지금은 '무엇이 될까? 무엇을 해볼까?'라는

질문의 물음표가 찍히기도 전에

'그래서 어떻게?'가 재빠르게 뒤따른다.

시간이 돼? 돈도 없잖아.

직장 그만둘 거야? 지금까지 해온 거 안 아까워?

그게 잘 될 거 같아?

좋아하는 거 말고 잘하는 걸 하는 게 낫지 않아?

사회가 그걸 인정이나 해줄 거 같아?

끝도 없는 질문의 벽이 무엇을 꿈꿔보기도 전에 세워진다.
꿈을 상상할 여유도,
상상의 끝을 볼 자유도 막아버린다.

혹시

'새댁~ 잠깐 이리 와봐요.'

'아기 엄마, 우유 한 달 공짜로 더 넣어줄게요.'

몇 년 전까지도 이런 소리를 들으면 눈을 흘기며 최대한 빠른 걸음으로 자리를 떴다. 내가 어딜 봐서 새댁과 애 엄마처럼 보이는지 싶어 기분이 나빴었다. 아파트 단지 안이라서, 오늘따라 화장을 안 해서 그런 걸 거야 라며 속상해하곤 했다. 요즘에는 어린아이들을 대할 때 '이모'라 부르게 하기에도 애매한 것 같아 '아줌마가~' 라며 내가 먼저 호칭을 정해준다. 예전에는 이모는 물론 아줌마라는 단어는 생각지도 못했었는데, 아침에 일어나 민얼굴로 거울을 볼 때면 남들 눈에 내가 어느 정도 나이 먹은 사람으로 보이겠거니 싶다. 그래도 아이들이 '누나 같은데', '언니!'와 같은 말로 나를 기분 좋게 해줄 때도 있다. 아직 내면이 단단하지 못한지 어려 보인다는 말은 나를 기쁘게 한다.

사실 내 얼굴이나 피부가 어려 보이는 타입은 아닌데 젊음을 유지하는 신체 부위가 하나 있다. 내 머리카락은 파마와 염색을 하지 않고 몇 년

동안 자르기만 해와서 꽤 머릿결이 좋은 편이다. 젊다기보다 자연 그대로의 상태라고 하는 게 더 맞겠다. 머릿결은 염색이나 파마의 여부에 따른 손상에서 차이가 나기도 하지만 두피의 상태에 따라서도 달라지기 때문에 머리카락과 두피를 잘 관리하고 있는 것 같아 괜히 으쓱해진다.

머리 길이를 조금 다듬으러 미용실에 갔다. 요즘 머리카락이 빠졌다가 다시 나는지 머리 앞쪽에 잔머리가 삐죽삐죽 올라와 있다. 얼마 전까지만 해도 미용실에 가면 그 모습을 보고 '환절기에는 머리카락이 많이 빠지고 다시 나고 그러지요?', '요즘 스트레스 많이 받으시나 봐요?', '다이어트 하세요?'와 같은 이야기를 들었었다. 역시나 헤어디자이너분이 내 잔머리를 발견했다. 그리고 나에게 물었다.

"혹시… 출산한 지 얼마 안 되셨나요?"

흐름은 거스를 수 없어

어릴 때는 어른들의 머리 스타일이
왜 다 비슷한지 몰랐던 때가 있었다.

몇십 년 전만 해도 우리의 엄마들은
돈도 아낄 수 있고 머리 손질도 쉬워
시간이 별로 소요되지 않는 강한 파마를 선호했었다.

하지만 요즘 시대의 엄마들은
자신을 가꿀 줄 아는 멋쟁이다.

니들
다 컸으니
엄마는
여행이나
가련다

치-즈   찰칵!

그런데 뽀글뽀글한 머리는 아니지만,
비슷한 웨이브의 짧은 머리 스타일을 한 엄마들이 대부분이다.

엄마들이 짧은 머리를 선호하는 건
예전처럼 시간이 없어서도 돈이 없어서도 아니다.
사실은 숱과 힘이 없어서다.
엄마는 머리카락이 굵고 숱 많은 아줌마가
제일 부럽다고 말씀하시곤 한다.

나이가 들면 젊을 때처럼
머리칼이 찰랑거리지도 않고
숱도 적어져 볼륨감을 살리기 쉽지 않다.
짧게 잘라서 스타일링 할 때 머리 스타일이 제일 잘 산다.

원하든 원하지 않든
흐름을 거스르지 못하고
따라가야만 하는 것들이 있다.

아까운
내 머리카락

마음은 달려가고 싶지 않은데
내 몸은 시간과 함께 달아난다.

요즘은 그게 아주 조금 서글프다.

오늘의 나
내 마음은 그게 아니야.

아, 더 못 그리겠다.
자야겠어.
그림에 대한
열정이 식은 게 아냐,
허리가 끊어질 것 같아.

나에 대한
우정이 이것밖에
안 돼? 벌써 쓰러져?

내 간이 이토록
내 우정을
못 받쳐주나.

빵빵하게 불어놨는데 어느새…

두 시간의 현실 도피

영화를 아주 많이 좋아하는 편은 아니다. 좋아하는 감독과 나만의 영화 취향이 있긴 하지만, 영화 서너 편을 밤새 연속해서 보는 걸 즐긴다거나 영화제를 찾아다니며 미개봉 영화를 관람할 정도는 아니다. 하지만 영화관이라는 장소는 꽤 좋아한다.

감정 기복도 심하고 잘 흥분하는 성격이라 어릴 적에는 화가 솟구칠 때마다 이불 속에 들어가 소리 지르고 울며 감정을 폭발했다. 분노를 누그러뜨리지 못해 울다 지쳐 잠들어야 끝이 났다. 그래서 한때에 스트레스 푸는 방법은 자는 것이었다. 어느 날, 감정이 요동치고 심란해서 그동안 보고 싶었던 영화나 볼 겸 영화관을 가게 됐는데, 보고 나니 기분이 상쾌해지고 화가 났던 감정도 조금 사그라져 있었다. 그 이후로 상황이 된다면 화가 날 때뿐 아니라 우울할 때, 일에 집중이 잘 안 될 때, 산만한 기분일 때도 영화를 본다. 정확히 말하면 영화관에 간다. 세상과 나를 단절

할 수 있는 강제의 두 시간을 스스로 선물하는 것이다.

집에서는 전화가 오면 영화를 멈추고 통화를 하기도 하고 영화 보는 중간에 화장실을 간다거나 냉장고 문을 열고 닫기를 반복한다. 지루한 영화를 고르면 중간에 멈추게 되기도 한다. 하지만 영화관에 가면 그 시간만큼은 일상의 고민은 뒤로 미루고 영화에 집중하는 게 1순위가 된다. 영화관에 있는 동안은 이제 내 손가락 끝에 돋아난 살점처럼 돼버린 핸드폰과 혹처럼 따라다니는 SNS 세상에서 단절될 수 있다. 거기다 슬픈 영화를 볼 땐 눈물 콧물 다 흘리며 영화를 핑계 삼아 실컷 울어도 된다.

SF나 판타지 장르를 볼 때면 다른 행성에 다녀온 듯한 기분도 든다. 이 공간에 있는 동안은 머릿속에 엉켜 있던 문제들을 아주 잠깐이라도 잊을 수 있고, 보고 난 후 운이 좋으면 영화에서 느낀 감동에 따라 복잡했던 마음을 다른 시각으로 볼 기회가 오기도 한다.

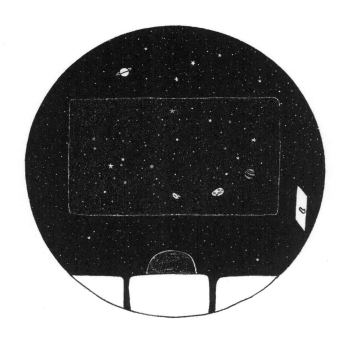

대신 머릿속을 비우려면 혼자 가야 한다. 인간관계의 복잡다단함을 영화관까지 끌고 올 필요가 없다. 무언가를 혼자 하는 것을 여전히 두려워하는 이들이 있지만, 혼자 영화를 보는 것은 혼자 밥 먹거나 혼자 여행하는 것에 비해 비교도 안 될 정도로 쉽다. 예전에는 티켓 창구에서 영화표 '한 장'을 사야 하는 아주 작은 고비도 있었던 시대가 있었다. 요즘은 이마저도 없어졌다. 스마트폰으로 예매하고 바로 상영관으로 들어가게 되니 혼자 즐긴다는 것을 다른 이에게 알릴 필요도 없다. 머리가 복잡할수록, 또는 보고 싶었던 영화일수록 반드시 혼자 영화관에 가야 한다.

영화 속 인물과 내 안의 감정이 뒤엉켜 내 몸과 마음이 현실에서 완전히 벗어나 있을 때쯤 영화는 어김없이 끝이 난다. 그래도 아직 마지막 한 단계가 더 남아 있다. 엔딩 크레딧이 올라가는 시간이다. 검은 화면 안에 흰색의 작은 글씨들은 우주의 별처럼 떠오르고 영화의 여운을 불러일으키는 OST는 공간을 가득 채운다. 그때 눈치 없이 크레딧마저도 끝이 나고 상영관에 불이 켜진다. 관객들이 하나둘 자리를 일어나 문밖으로 나가는 모습을 지켜본다.

아, 저 문을 통과하면 다시 현실 세계로 돌아가야 하는구나.

✨투머치 시대의 종말

중학생 시절에 단발의 길이가 귀밑 3센티를 넘을 수 없는 두발 제한이 있었다. 그 길이는 생각보다 꽤 짧아서 귀 뒤로 넘겨서 겨우 꽂아 놓아도 책을 보려 고개를 숙이면 얼굴 앞으로 쏟아져 내려오곤 했다. 스트레이트 펌이 대중화되지 않은 시절이었고 아침마다 곱게 드라이를 하고 갈 여유는 없었던 터라 반곱슬인 머리는 언제나 붕 떠서 버섯을 떠올리게끔 했다. 그 머리 모양이 내 눈에는 촌스러워 보여 차라리 짧은 커트 머리를 하고 다녔다. 그러나 짧은 머리를 했다고 반곱슬이 어디 가는 것은 아니다. 젤이나 무스를 바르는 건 교칙에 어긋났기에 짧은 머리카락의 앞쪽은 실핀으로 고정해 머리에 겨우 붙여 놨지만, 뒤쪽은 중력을 거스르며 풍선처럼 부풀어 올라 있

1999년 세기말

었다. 머리는 하나인데 두 가지 스타일이 앞뒤로 사이좋게 반반씩 함께 살고 있었다. 한 번씩 사복을 입을 때면 그런 우스꽝스러운 머리 스타일을 하고 어른처럼 보이려고 목에 스카프를 두르고 짝퉁 명품 가방을 멨다. (그때는 명품을 카피한 제품인지도 몰랐다.) 그것도 모자라 스카프와 명품 가방에는 어울리지도 않는 바지통이 넓은 힙합바지와 배꼽이 보일만한 짧은 티셔츠를 입고 말이다. 청소년기의 투머치 시도는 조화롭지 못하다거나 아름답지 않다는 말로는 부족하다. 안쓰러움을 유발하는 광대 같았다. 그때의 사진을 보면 눈 뜨고 볼 수가 없어 그렇게 입고 거리를 활보하는 나를 말리지 않은 엄마가 원망스러울 정도다.

여기서 멈추지 않는다. 또 다른 사진에는 단정한 단발머리와 눈에 띄지 않는 보통의 옷차림, 주변 환경에 묻히는 평범한 스타일을 가진 지금의

2004년

뭘 봐.

내 모습에서는 전혀 연상되지 않는, 나라고 말해주지 않으면 모를 만한 20대 초반의 여자아이가 있다. 레게 머리라 불리는 브레이즈 헤어스타일을 하고 거대한 인조 모피 점퍼와 형광색 티셔츠, 엉덩이와 다리의 경계를 알려주는 길이의 미니스커트를 입고 있다. 키메라(1980년대 유명 팝 페라 가수) 같은 굵고 짙은 아이라인 위 눈두덩이에는 멍든 것처럼 푸르스름한 아이섀도를 발랐다. 버스 손잡이를 떼어온 듯한 링 귀걸이는 얼굴의 양옆에 자리 잡고 있다. 그 모습은 '세상에 나와 같은 사람은 아무도 없어. 내가 제일 잘 나가!'라고 외치고 있다. 청소년기에는 마음껏 할 수 없었던 머리 스타일과 화장, 옷차림은 다 섭렵해보겠다는 각오였다. 세상에, 내 취향이 이랬다니. 옵션에 옵션에 옵션을 더한 듯한 그 모습이 나를 잘 나타내는 길이라고 생각했었다니 믿을 수 없다.

투머치 역사의 시작은 거슬러 올라간다. 어릴 적에 '베르사유의 장미'라

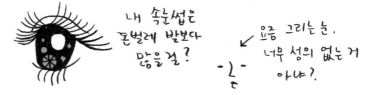

내 눈은 보석보다
빛난다구!

내 속눈썹은
돈벌레 발보다
많을걸?

요즘 그리는 눈.
너무 성의 없는 거
아냐?

는 만화 영화가 꽤 인기 있었다. 거기에 나오는 남장 여자 오스칼과 오스트리아의 공주 마리 앙투아네트는 많은 여자아이들의 우상이었다. 걸크러쉬의 원조 격인 오스칼도 인기가 많았지만, 여자아이라면 공주는 한 번쯤 선망의 대상이 되기 때문에 나는 마리 앙투아네트도 좋아했다. 이 마음을 담아 앙투아네트를 따라 그리곤 했는데 의욕이 넘쳐 실제 캐릭터보다 더 과하게 그렸다. 레이스로 뒤덮인 드레스와 실제라면 목이 지탱할 수 없을 만한 머리 장식을 올리고 어깨, 가슴, 손목, 발목을 가리지 않고 리본으로 덕지덕지 치장했다. 특히 눈동자는 다이아몬드처럼 빛나는 보석으로 표현했고 속눈썹은 항상 돈벌레의 발보다도 많이 그렸었다. 지금 생각해보면 과하게 덧붙여 투머치로 그려놓은 공주의 얼굴은 정체를 알 수 없는 인공지능 로봇과 같은 모습인데 그 당시에는 그 얼굴을 그려놓고 매우 만족스러워했다.

그렇게 20년 정도 지배했던 투머치 시대의 막은 내렸다. 돈벌레 같은 속눈썹을 붙이지 않아도 시선을 끌 만한 요란한 옷차림과 머리 스타일을 하지 않아도 나는 충분히 남들과 다른 존재고 나를 빛나게 하는 것은 다른 더 중요한 것에 있다는 걸 깨닫게 된 후 거기서 벗어날 수 있었다고 당당히 말하면 좋겠지만, 실은 허무하게도 어느 순간 꾸미기가 귀찮아졌다는 게 그 시대가 저문 이유다. 전시 오프닝이나 행사장에서 몸에 달라붙은 원피스와 진한 스모키 화장을 하고 나타날 때면 평소에도 이와 같이 꾸미고 다니라는 권유를 받을 때도 있다. 화려한 스타일을 위해서는 몸의 불편함을 감수해야 하고 단장하기 위한 시간과 돈과 공이 들어간다. 이렇게 자신을 꾸미는 부류는 꽤 부지런한 이들이다. 난 그것을 가끔의 이벤트가 아닌 일상에서도 지속할 자신이 없다. 어쨌든 나를 겉으로 드러내는 방식이 소극적으로 바뀐 지금은 자연스러움과 내면의 자신감이 자리 잡아가고 있는 진정성이 집권한 시대라고 말하고 싶다. 나의 게으름으로 인해 지금의 외양을 갖췄다기에는 없어 보이지 않다.

2018년

아... 안녕하세요.

오늘의 나

내면의 자신감과 귀찮음이
교차하는 지점.

✿ 우린 힘들다

육아 너무 힘들어.
이건 안 해보고는 몰라.

그 직장 상사 너무 감이 없어.
그 인간만 없으면
회사 생활 편할 텐데.

지금 하는 일 마음에 드세요?
저는 하나도 재미없어요, 적성에도 안 맞고.
의대는 부모님이 원해서 갔거든요.
이렇게 힘든 일이 또 있을까요.
이 자리도 부모님이 나가라고 해서요.

우리 다 바쁘고 힘들죠.
이 모임에서 안 바쁜 사람이 어디 있어요?
제가 요즘 얼마나 힘든지 아세요?

고단하다는 이야기를 너무 많이 들었어.
어른이 되면 피곤한 일만 있는 걸까?
만나서 서로 지쳐 있는 이야기만 하다가 헤어지는 거 같아.
누가 더 힘겨운지 경쟁하는 것 마냥.

있잖아, 나 귀에서
피 나는 것 같아.

두고 보기

잘 모를 때
괜히 들쑤시다가는
더 복잡해지곤 하더라.
그때는 우선 가만히 두고 보는 거야.

눈먼 어른

아파트 단지를 걷다가 화단에 무성하게 자리 잡은
강아지풀 무더기를 발견했다.
'이놈의 강아지풀은 뭐 이리 번식력이 좋담.
아파트에서 화단 관리 안 하나? 들판이야, 화단이야?'
구시렁구시렁 툴툴대고 있는데 한 어린아이가
다가오더니 까르르거리며 즐거워한다.

"강아지가 꼬리만 놓고 갔어. 보들보들 강아지 꼬리~
간질간질 강아지 꼬리~"

어느새 나는
사람을 대할 때도 상태를 파악할 때도
심지어 강아지풀을 보면서도
본성은 볼 줄 모르고 조건과 주변 상황이
먼저 보이는
눈먼 어른이 된 건지도 모르겠다.

진실 게임

다른 이의 진심과 진실이 궁금해서라고 하지만,
내가 지니고 있기 버거웠던
속마음을 털어버릴 기회를 찾고 있었는지도 몰라.

진실만을
말할 것을...

선택이라는 축복과 짐

아침에 눈을 뜨면서부터 시작하는 일은 바로 선택이다.

5분 더 눈을 감을지, 지금 당장 일어날지.
아침부터 쏟아붓는 상사에게 이의를 제기할지 참을지.
매일 겪는 인생 최대의 난제, 점심 뭐 먹지?
피곤해 죽을 맛이지만, 저녁에 술 한잔할지 집으로 가서 쉴지.
투덜대는 이 남자와 결혼을 해도 될지 말지.
크고 작은 선택으로 인생이 가득 차 있는 것만 같다.

앞날을 미리 알 수 없기에 중요한 선택의 과정은 큰 고통이 되기도 한다.
때로는 무엇을 선택해도 후회가 남게끔 만들어진 구조도 있다.

자유의지가 있다는 것은 축복받은 일이지만,
끝없는 선택의 길은 신의 형벌처럼 느껴질 때도 있다.

누군가 정해주던 시기가 좋았던 것 같기도 하다.

어두운 방

어른들은 각자 자신만의 방을 하나씩 가지고 있다.
그 안에 검은 감정들을 하나씩 던져두고 모른 척하곤 한다.
하지만 밖에서는 잘 보이지 않는 작은 문을 열고 들어가면
그 안은 블랙홀처럼 끝도 없이 깊고 컴컴하다.

언제부터 생겨났는지,
언제 이렇게 커져 버렸는지도 모르는
어두운 방.

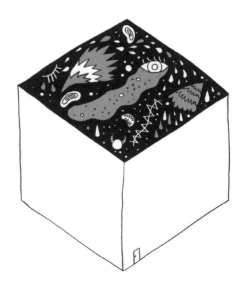

☆ 하루하루

한 발짝이라도 더 내디뎌보려고
어떻게든 버텨보려고

256

끼리끼리

끼리끼리라는 말이 있다.
비슷한 사람들, 같은 기운을 가진 여럿이 모이는 것.

내 주변이 좋은 사람들로 채워지길 바란다면,
나부터 좋은 사람이 돼야 하지 않을까.

우리 모두가 좋은 사람이 되도록.

끝과 시작

사람들은 시간이나 바람과 같은 흐름의 연속도 단위를 정하고
사이를 쪼개 놓았어.
그 구간은 시작과 끝을 만들어냈지.
끝이 있기에 다시 시작할 수 있는 거잖아.

날과 시간은 우리에게 다시 시작할 기회를 주려고 만든 걸지도 몰라.

선 넘기
간단한걸?

풀쩍

✧✧이 밤이 지나면

이 밤도 언젠간 별빛으로 가득 차겠지.

어느새 여기까지 와버렸네요.
전 여전한데요.

어느새.

이 책의 초고를 읽어보며 가장 눈에 띈 단어는 '어느새'였습니다. 어느새 시간이 무수히 흘렀고, 어느새 조금씩 변했으며, 어느새 이 자리에 와 있다고 말입니다. 이 단어를 왜 이렇게 여러 번 썼나 싶어 몇 군데를 지웠습니다.

'어느새'는 시간이 쌓이지 않으면 쓸 수 없는 단어입니다. 어른의 단어처럼 느껴지는 것은 '담담'이라 고 말했지만, 제가 정작 어른의 상황, 저의 상황을 가장 잘 드러내 는 단어는 '어느새'라고 생각했나 봅니다. 이 단어는 실은 시간이 흘러 무언가를 이뤄냈을 때 벅찬 감동과 함께 사용할 수도 있습니다. 돌아보니 저는 대부분 어느 틈에 벌써 이렇게 됐다는 아쉬움이 묻어나는 말로만 쓴 게 보입니다. 몸에 배어버린 관습, 사회가 정해준 나의 역할, 잃어버린 체력처럼 인정하고 싶지 않은 것들에 이 말을 앞세웠던 것 같습니다. 아니면 지금의 상황을 피하고 싶었을지도 모르지요. 내가 원해서 이렇게 된 게 아니야. 나도 모르는 사이에 지나와 버렸다고. 그러니까 이해해줘. 난 아직 준비되지 않았거든! 이라고 말입니다. 여전히 책임지는 건 두렵고 무거운 현실은 피하고 싶거든요.

여전히.

바로 앞 문장에서도 썼던 단어입니다. '어느새' 다음으로 눈에 들어온 말은 '여전히'였습니다. 저는 여전히 서툴고 불안하며 어떤 면에서는 어리숙합니다. 아직도 모르는 것투성이인데 겉으로는 우아하게 미소 지으며 무언가 알고 있는 것처럼 굴 때가 있습니다. 제가 원해서인 경우도 있지만, 상황이 요구하기에 그에 맞춰 연기하기도 합니다. 어른 흉내를 내지 않게 됐을 때가 진짜 어른인 것은 아닐까 생각했다가 연기라는 걸 완벽하게 해낼 수 있는 게 어른처럼 느껴질 때도 있습니다. 뭐가 맞는지 잘 모르겠습니다.

제가 쓴 '여전히'는 계속 유지하고 싶은 마음, 머물고 싶은 심정을 은근히 드러냅니다. 지나온 시간 중 놓고 싶지 않은 것에는 여전함을 붙였습니다. 흑역사로 남더라도 미련 없이 살겠다며 큰소리 쳐 놓고 과거의 감정 중 지금에 유리하게 쓰일 부분들은 남겨두고 싶은가 봅니다. 저는 어린아이처럼 천진난만하게 굴고 싶고, 10대 소녀처럼 좋아하는 것에 맘껏 열광하고 싶으며, 20대 청년처럼 방황하고 도전하고 싶습니다. 하지만 습득하려 애썼다기보다 살아가며 저절로 물든 습관적 사고방식에 의해 지금은 시작하기도 전에 책임져야 할 것들이 먼저 떠오르고, 사회의 시선이 신경 쓰이며, 익숙한 게 편하고 낯선 것은 귀찮게 됐습니다. 어제의 나와 오늘의 내가 다르다는 걸 받아들여야 함을 점점 깨닫게 됩니다.

시간의 축적 안에서 하나는 저 멀리 가버리려 하고 다른 하나는 그 자리에 머물러 있으려고 합니다. 멀고 먼 두 단어 사이에서 저는 이리 헤매고 저리 달리다가 잠시 멈춰 쉬기도 하며 어디로 가야 할지 고민하고 있습니다. 점점 변해가며 다른 모습을 보여주는 게 성장하는 길 같지만, 때로는 처음의 모습을 간직하는 게 필요할 때도 있다고 생각합니다.
시간이 흐를수록 두 단어 사이의 거리는 점점 더 벌어지겠지요. 그리고 그사이 어디쯤에서 저는 말할 것 같습니다.

"어느새 여기까지 와버렸네요. 전 여전한데요."

백두리

그러니까
오늘의 나로 충분합니다

1판 1쇄 인쇄 2018년 2월 12일
1판 1쇄 발행 2018년 2월 22일

지은이 백두리

발행인 양원석
본무장 김순미
편집장 최두은
책임편집 박현아
디자인 RHK 디자인팀 이재원
해외저작권 황지현
제작 문태일
영업마케팅 최창규, 김용환, 정주호, 양정길, 신우섭, 이규진, 김보영, 임도진, 김양석

펴낸 곳 ㈜알에이치코리아
주소 서울시 금천구 가산디지털2로 53, 20층 (가산동, 한라시그마밸리)
편집문의 02-6443-8844 **구입문의** 02-6443-8838
홈페이지 http://rhk.co.kr
등록 2004년 1월 15일 제2-3726호

ISBN 978-89-255-6329-9 (03810)